モジュレーター
ミッターのリアル知り合い。一見すると美人でスタイル抜群なお姉さんアバターだが、中の人は男。
キャリアー
トランスミッターとランキングを競い合っているランカー。常に自信たっぷりな物言いでミッターとたびたび衝突している。

アダプター
<アーケード>での事件を通じてミッターたちが出会ったアバター。アバターの見た目を“ボム”によって強制的に書き換えてしまうテロを起こす。
コネクター
アダプターと同じギルドに所属していたアバター。アダプターが起こした事件と何らかの関係があるらしいが……？
Illustration by グライダー

SIT DOWN PLEASE

リモコン

Remote+Control

原作＋じーざすP

著＋石沢克宜

イラスト＋グライダー

YEAH!

PHP

Contents

STAGE.1
あたしはトランスミッターちゃん！

一年生になったらって歌があんの。

あたしは歌った記憶ないんだけど。

みんな歌うの？　普通。小学校とかで。

　一年生になったら
　一年生になったら
　ともだち１００人　できるかな

友達１００人なんて、現実世界でできるわけないじゃんね。

周り見てみ。

いる？　１００人も。人。

確かに人はいっぱいいるけどさ。

人。人、人、人人人人人人人人(ﾟ∀ﾟ)人(ﾟ∀ﾟ)もちろん人はいるよ。うんざりするほどにね。

どこ行ったって。家でも。学校でも。塾でも。

その中に友達になりたい奴、百人もいる？

いるわけないじゃんか。


あたしは家族とは上手くやってると思うけど、父親も母親も兄貴も、おじいちゃんもおばあちゃんも、家族じゃなかったらたぶん友達になんてならなかったと思うし、だいたい家族じゃなかったらあんまり関わりたくない。話も合わないし、興味の対象も違いすぎる。そもそも二十も三十も年上の大人と話なんて合うわけないし。

じゃ同年代はどうかっていうと、学校には本当に気を許せる友達はいない。どっちかっていうと一緒にいてストレスばっかの鬱陶しい人たち。学校でだって塾でだって本当はイヤイヤ付き合ってる。いちいち合わせるのもめんどいけど、ハブられたらハブられたでめんどくさいから。テキトーに話合わせて笑ってればいいんだから別にいい。それはね。

でも。

ここには友達がいる。

気の合う仲間がいる。

お互いの好きなことずっと喋《しゃべ》ってられて、いつまでも話してたいってくらい。ここでなら、もしかしたら友達100人できるのかもって思った。だってそんな人たちばっか集まってる気がするし。こっちが現実だったらよかった。ていうかこっちが現実ってことにしたい。少なくとも今のあたしにとっては、現実なんかよりここのほうがよほどリアルだし。

たとえばあたしは海なんて数えるほどしか見たことなくて、泳いだこともない。でもここでなら、溺れるほど大量の水の中で好きなように泳げるし潜れるし、息なんて吸わなくていい。水着だって着こなせるし胸だってFカップにできる。実際のあたしは幼児体型なのに。寸胴。まな板。ほっとけ。

だからあたしは今日も〈アーケード〉に行く。学校終わってから行く。塾のない日は直で、塾のある日は時間まで学校の友達に買い物とかカラオケとか付き合う。そっちはそれで十分でしょ。週三日も付き合うんだから義理は果たしてると思うし。でも最近ちょっと「付き合い悪いよね」とか言われてるみたいだから気をつけないと。

〈アーケード〉の行き方は簡単。ＰＣでウェブサイトにアクセスしてアカウント作って、スマホで認証するだけ。スマホならアプリ落としてアカウント作る。ガラケー？　知らね。

基本無課金だから普通に遊べるけど、〈アーケード〉の世界にはポイントっていう通貨があって、それをウェブマネーで買ったりはできる。あたしは最初１０００円だけ買ってみた。あとは無課金で余裕だろって思ってた。ゲームに勝ったりアイテム売ったりで稼げるからね。

それがそんなんじゃ済まなかったよね。甘かったよあの頃のあたし。

最初の頃〈アーケード〉内で使うポイントが足りなくなって少しだけ、もう少しだけって小刻みに課金してたら小遣い使い果たした。次の月の小遣いもらうまで待てなくて、貯金してたお年玉に手を付けた。とうとうそれも無くなって夜中こっそりお父さんの財布からクレジットカード一枚抜いて、番号とか入力して使えるようにしたった。超簡単。こんなんでいーのかよって思ったね。大丈夫かよ社会システム。三カ月ばれなかった。見つかって親にすげー怒られた。スマホ取り上げられた。スマホでよかった。スマホなくても（あったほうがいいけど）最悪ＰＣとネット回線さえあれば〈アーケード〉は遊べるから。スマホはそのために犠牲になったのだ！　まあ一カ月もしたらスマホ返してくれたから、いつもに戻ったけど。

だからそれ以来、あたしは無課金プレイに徹してる。ときどき金あればなーってときも確かにある。そういうときはアイテム作って売ったりしてなんとかするのだ。

〈アーケード〉は世間的には印象悪い。私立の頭いい学校は〈アーケード〉禁止ってとこもあるみたい。うちは公立だからあんまうるさくないけど、歓迎はされてないかな。クラスに不登校が三人いて、うち二人がヒッキーで部屋閉じこもって〈アーケード〉入り浸ってるって聞いた。だから〈アーケード〉はよくないみたいな話を先生がたまにしてる。引きこもってんのは別に〈アーケード〉のせいじゃないのに。退屈だから暇潰しにやってるだけでしょ。

〈アーケード〉は元は招待制のSNSだった。ブログとかコミュとかあって、ただ毎日見てどうでもいいこと書いたり読んだりしてるような、よくあるサイトだったらしい。フォロワーと絡んだり、チャットしたり、ツイッターとかラインでやってるような。

それがアバターが導入されてからガラリと変わった。最初は2D二頭身のピグっぽいキャラでみんなでキャッキャするだけのことだったのに、ブラウザじゃなくて専用アプリができて3Dになって、自由度もすごくなったら全然違う、アバター同士がゲームで対戦する殺伐とした世界になった。別に対戦とかしないでまったりプレイもできるんだけど、あたしは対戦好きだし、どっちかっていうと殺伐寄り。

あたしが〈アーケード〉にハマってるのはリアルでは誰も知らない。言ったら今のグループから距離置かれちゃう。あんなの引きこもりのやるもんだよねーって態度とっとかないと。学校で〈アーケード〉やってるって公言してる奴いるけど、バカだろって思う。黙っとけよって。

「俺はそういうの詳しいんだぜ」みたいな空気出しててげんなりする。悪いけどあたしは本気なの。ガチで無課金プレイ極めに行ってんの。お前も知ってんだろランキング7位の〝トランスミッター〟ってのはあたしなんだよ！　……なんて心の中で思うだけで絶対に言えない。

だから、そういうストレスもあるのかな、現実のあたしと〈アーケード〉のあたし、完全にキャラ違う。一日の鬱憤爆発させるみたいにして、あたしは毎日〈アーケード〉にインするわけ。

学校通いながらランカーなんて、普通だったら上位100位に食い込むのも無理だと思う。一日三時間程度のまったりプレイなら15000位前後ってとこ。

あたしがランカーでいられるのには理由があって、それはあたし一人の力じゃないから。〈アーケード〉は誰かと協力しあうものなんだよね。ソロだと、厳しい。

あたしの場合、相方が半端ないから。あたしがいつも上位にいるのは彼のせい。てかおかげさま。

相方の名前は、レシーバーくん。シバくんって呼んでる。

〈アーケード〉にインすると、彼はいつもいる。ほんと、いつインしてもいる。夜中だろうが早朝だろうが平日だろうが休みだろうが。あたしは一応学生だから平日の昼間はインしないけど、たぶんあたしがいない間も彼はずっと〈アーケード〉にいるんだと思う。いつ寝てんのか、いつトイレ行ってんのかいつ風呂入ってんのか、まったく謎。マジで最初ｂｏｔなんじゃないかと思った。それよか複数の人間がひとつのアバター使ってるって考えるほうが現実的だけど、でも会話してるとどうやらそういうわけでもないっぽい。あたしと話したこととか毎回きっちりあたしよりも覚えてるし、話に食い違いも矛盾も無いから別人説も今ひとつ説得力がなかった。

あたしもシバくんもお互いのリアルについてはほとんど話題にしない。あたしも聞かないし、向こうも触れてこない。前に別のネトゲで普通に小学生でリアル女でとか無防備に晒《さら》してたら四十過ぎのオッサンに粘着されて学校に凸《とつ》されて、それ以来リアルの話題は封印することにした。ネットマジこえーよ。まとめに載ってるようなネタが自分に降りかかるとは思わなかったな。だから〈アーケード〉ではアカ作るときから、最初からキャラ騙《かた》った。性別も歳も住んでる場所も職業も全部テキトーに書いたから、プロフィールだとあたしは87歳のババアで仕事は畳職人、住んでるところは月面ってなってるし。

別にシバくんの中の人がどんなか知りたいってわけじゃない。たぶんあたしより年下なんじゃないかとは思う。ガキっぽいし、割とバカだし、でもゲームとかPCのスキルはすごいからそういうのが発揮されたときだけ、もしかして歳上なのかもって思ったりする。基本ガキ。で、たぶん男。

その日いつもよりもちょっと遅くなったのは、塾終わって同じ学校の関口くんに話し掛けられて、マックに一瞬寄ってきたから。塾のある日はお母さんが５００円くれる。あたしが「学校終わって塾終わるまで腹が持たない」って言ったら朝３００円くれるようになって、足りないって騒いだらすぐ５００円になった。お腹が空くのはほんとだけど太りたくないし、金がほしいあたしはその５００円をなるべく使わないようにしてた。だから塾の後は誰かに誘われても「金持ってない」で通して速攻帰ってたんだけど、今日はちょっとお腹空いてたし関口くんがおごるって言うから一瞬だけ付き合った。彼は誘ったくせに別に話もしないで、ただ食べて飲んだだけみたいな感じ。なんで呼んだ？　って思ったけど奢《おご》ってくれたから別にいいか。あたしは食べ終わったら早く帰って〈アーケード〉にインしたかったからスマホばっか見てた。スマホアプリでは〈アーケード〉のＳＮＳ機能だけ普通にできたから、自分宛てのリプとかフレンド登録した人たちのメッセージとかツイートとかチェックした。そしたらメッセ入って、

レシーバー　ミッターまだー？　早く気てー

シバくんほんと誤字とか誤変換とか気にしない。たぶん直すの面倒なんだろうな。最初の頃はいちいち突っ込んでたんだけど今はあたしもあんまり気にしなくなっちゃった。たまにわざと誤変換したりとかして遊んでる。

トランスミッター　今から帰るよー

リプ返してからスマホしまって「ごちそうさま」って席を立った。結局なんだったんだろって思いながら全速で走って家に帰って来た。走って汗かいたからシャワって部屋入って鍵掛け

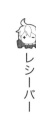

て、スリープ状態のＰＣ立ち上げて、ディスプレイの前の椅子に座って、机の一番下の大きい引き出し開けて、ＨＭＤ《ヘッド・マウント・ディスプレイ》取り出して、電源入れた。

ＨＭＤ着けて〈アーケード〉入るとほんとヤバイ。普通に目の前の２Ｄディスプレイでもやれるんだけど、ＨＭＤの没入感半端ないから。視界全部〈アーケード〉だし３Ｄだし音もすごいし表情だって読むのだ。

操作は椅子の肘掛け上に固定した左ジョイスティックと右のタッチパネルってかスマホでする。最初の頃は体が動いちゃって大変だった。あまりにも動きすぎて椅子ごと後ろに倒れたことある。それでも倒れたまましばらくやってた。ベッドの上で寝てやってたこともあったけど、そうすると重力が前からずっと来てる感じがして居心地悪かったから結局椅子に戻った。どっちにしてもやってる姿は他人が見たら相当キツイと思うけどね。

会話はＨＭＤに付いたマイクでする。声はそのまま〈アーケード〉に送信されるわけではなくて、システム側が勝手に作ったアバターの声にリアルタイムで変換される。言葉も少し変えられちゃうみたいで、どうも言ったまま相手に聞こえてるわけでもないっぽい。視界の下のほうに一応テキストが出るんだけど、たまにあたしが使った言葉じゃないときがあるし、放送禁止用語とか言うと音はたぶん逆再生みたいになって、テキスト表示は"Ëœà¥â。à¾©Ã¦â°$à«¯ï"……こんな感じに化ける。

部屋で喋ってるのが家族に聞こえちゃうのはもう仕方ない。一応友達とボイチャってことにしてあるけどウソではないじゃん。リアルでは声のボリューム抑えて、〈アーケード〉の中では大声ではしゃぎまくりっていう技も覚えた。

ＰＣの画面見ながらマウスいじって〈アーケード〉立ち上げて、スマホとリンクする。ＨＭＤ頭にかぶって《StandBy?》て文字がふわふわ浮かぶの見ながら視度調整、耳元のスピーカーからは短いジングルとかノイズとかがぐるぐる回る。

《Input ID》

そう言われて、マイクに向かってアカウントを言うと、向こうが認識して今度はパスを入力する。ＨＭＤ越しに見える３Ｄグラフィックになったあたしの右手の傍《かたわ》らに小さな画面が浮かび続けていて、それはスマホの画面で既にバーチャル。パスをフリックで入れる。

ここから、この瞬間からあたしはあたしじゃなくなって、トランスミッターになる。髪は黒から黄色に、眼は茶色からターコイズブルーに、服は学ジャーから少し落ち着き目のベストにショーパンで、襟なんてファー付いちゃってるし、体だってリアルよりちょっとだけ細いかなって感じででも胸はＢカップでごめんそこはあんまウソつけなかった。闇雲に盛るとあたしが惨《みじ》めになるし貧乳のなにが悪い。

この世界でのあたしは結構かわいい。てかアバターはどうやってもかわいくなっちゃうんだけど。リアルのあたしと〈アーケード〉のあたしではキャラにだいぶ開きがあるけど、細かいことは気にしないようにして生きていきたい。一番違うのは〈アーケード〉の中のあたしは人気者だってことだよね。ランキング入ってて有名人だから。歩いてると、

「ミッターさんちぃーっす」

「ミッターちゃんおはよー」

「ミッターさん対戦お手合わせ願えませんか」

「ミッター氏ー今日もカワイイっす」

すごい声掛けられるし、ご近所さんとも仲いいし、相談とかもよくされるし、結構いろんな人に頼りにされてるからね。

だからあたしは〈アーケード〉が好き。ここでは違う自分になれるから。いやむしろこっちが本当の自分だから。現実のあたしはキライ。波風立てないように、首をすくめて、なんにも巻き込まれないように生きてる。あれあたしじゃないし。現実の自分を殺して〈アーケード〉で生きていけるなら、こんなに楽しいことはないかな。

ＨＭＤを通して見る〈アーケード〉は、本当に現実みたいになる。ユーザータウンの街並みは普通に新宿とか池袋とかと変わんない。いやもっと面白い街。だってどの建物もユーザーが自由に作るから毎日なにかしら変わっていくし、現実じゃ絶対無理的な建造物とかガンガン建つし。現実の建物を再現する派と、現実じゃありえない建物造ろう派で分かれてて、見たこともないようなオブジェが建ってるその近くで、スカイツリーなんて十本くらい建ってたり、サグラダ・ファミリアもこっちの世界ではとっくに完成してる。自分のアバターに与えられた土地スペースの上に、３Ｄで描画されたポリゴンブロックを積み重ねて作るんだけど、みんなすげえの作るよ。見て歩くだけで楽しいし、時間忘れる。

「ミッター！」

シバくんはあたしがインするといつも速攻で飛んでくる。インしたのはフレンド登録してる相手には伝わるから、その通知バナーが出るとどこにいたって彼はあたしのところにやって来る。

セーフエリアのユーザータウンにあるあたしの家に、シバくんが降ってきた。彼は最近ジェットスケートシューズがお気に入りで、それを履いて吹っ飛んでくる。あたしもシバくんに無理やり履かされて付き合わされてるけど、あれスケートなんて上品なもんでは全然ない。足元で爆発が起きて、その勢いで空中に吹き飛ばされる感じ。ほとんど事故だよ事故。あんまり高いところから落ちて地面に激突するとダメージ食らってLP（ライフポイント）削られて最悪アバターが死ぬ。

「来るのおせーよーずっと待ってたんだぜー」

シバくんは口を尖《とが》らせて言った。

「ゴメン、ちょっとリアルで用事が」

って、別に約束してたわけじゃないんだけど。なんであたしも言い訳してんだか。

あたしとシバくんは割と外見似てる。二人とも髪はイエローで、コスチュームはブラック、アクセサリとかもやんわりと似た系なんだけど、とくに合わせたわけじゃなくて初対面から見た目が似てて、会って互いに「あ。」てなった。今はちょっと意識してヘッドホンとか眼の色とか同じにしたりして。

首についてるネオンラインは、あっちはネクタイであたしはリボン。ネオンラインはアバター一人一人デザインが全部違う。〈アーケード〉では普通のオンゲみたいにキャラの上に名前が浮いてたりしないから、ネオンラインのかたちは意外に識別に役立つ。

いつも合流するとシバくんが、その日にあったことをダイジェストであたしに教えてくれる。どこになにができたとか、なにが起こったとか。どこに行くと誰がいて、どんな話で盛り上がってるかとか。今日はユーザータウンに新しいショップができてて「すげー人いっぱいいた」とか言ってたから、「ちょっと行ってみたいわそこ」って、シバくんに案内してもらった。近いから街並み見ながら徒歩で行こうって提案。シバくんはジェットスケート使いたそうだったけど、あたしは歩きたかったから意地でも履かないんだ。ミュージックレコーダーの曲をプレイして、ヘッドホンから流れる音楽を二人で聴きながら３Ｄ空間を走った。


真新しいその店には結構な数のアバターが集まってた。

ユーザータウンには、こんな風にユーザーが作ったアイテムを売る店がたくさんある。アイテム作りにはハイレベルスキルが必要で、それが無いと売り物になるような質の高いものは作り出せない。あたしは生産スキルは普通だから、ほしいものは買うしかない。

店内にはガラスケースの中にクッキーがいっぱい並んでた。クッキーっていうのはこの世界の食べられる物の総称で、焼き鳥もカレーもラーメンもケーキも、みんなまとめてクッキーって呼ばれてる。

〈金属スライムクッキー〉って書かれたプレートの下に、涙のかたちを潰したような銀色の大きなクッキーが笑ってた。明らかにドラゴンなんとかのアレなんだけど。

「これ著作権とか大丈夫なんかなｗ」

思わず余計な心配をしつつ顔を近づけてみた。

「うはｗ固そうｗ」

ツルツルテカテカした表面に映ったあたしの顔がムンクになった。最近この手の反射するオブジェクトは周囲の風景を完璧に映し込む。となりの〈キャタピラ芋虫〉って緑色のぷるぷるしたクッキーも、ぷるぷるなりに周りを映してテカテカ輝いてた。これもまたなんとか堂のなんやらモンスター的なアレの権利を相当侵害してる。

並んでいるクッキーは、だいたいがなんらかのかたちで主にゲームキャラ関係の見た目をしていた。このほうが食いつきいいだろうしキャラのファンとか買うし、みんな食べるってよりもアクセサリ的に使うのが多いと思う。アバターのどこかに貼り付けたり、紐付けて宙に浮かべて連れ回したり。でも最近はここまであからさまなのも珍しいかな。

「訴えられんぞいつか」

とか言いながらあたしもそういうのいっぱい持ってるんだけどね。

クッキーには――クッキーだけじゃなくてこの世界にあるあらゆるものは全部そうなんだけど――数値が与えられてて、食したり身につけたりすることで自分のいくつかのパラメーターがピロピロリンと上がる。パラメーターは一時的に上がる場合もあれば、ずっとのもある。最近はクッキー食べて上がったパラメーターの数値が大きいとき、美味い！　と思うようになった。初めの頃は言葉だけで「このクッキーのパラメーター美味しいよ！」って言ってるだけだったのに、言ってると本当に美味しいって思えるようになったから不思議。パラメーターの数字が高くなれば美味いと思うし、パワー系のパラメーターが上がれば力が湧いてきた、とか思う。思うだけ。別にほんとにそうなわけではなくて、味なんてしないし、あたりまえだけど栄養も無い。

クッキー見てるあたしの後ろで、シバくんはさっきからずっと所在なげに立ってた。女子の買い物に付き合わされる男の居場所のなさ感思いっきり醸《かも》し出しててちょっと申し訳ないかな。女子って普通に歩いてても突然買い物モードに突入するからね。目的地があって、そこへ向かって歩いているのに急に道端で「なにこれかわいい」とか言い出して立ち止まっちゃうし。それは服だったりアクセだったりアイテムだったりアバターのパーツだったり。とにかく女子にはなにか男子に付いていないセンサーのようなものがある。それかどんな処理をしていても確実に割り込めるプログラムみたいなのがね。

あたしは金属スライムクッキーを十個買った。一個80ポイントもする。1ポイント0.1円ね。

「えーなんでそんなに買ってんの。美味しいの？」

シバくんは「また無駄遣いしてー」という非難を漂わせつつ。

「なんか食べるとＥＸＰがぽーんと上がんのよ。シバくんも一個食ってみ。あげるから」

あたしは気前よく、銀色テカテカのスライムクッキーをシバくんに差し出した。噛んだら歯が折れそうなそれを、彼は一口でパクンって食べた。あたしも一個、大口開けて放り込む。ＥＸＰがピロリンと跳ね上がって、そのぶんスタミナのパラメーターの上限がヒョボーンと削られる。

「おいこれスタミナ下がってんじゃん！」

「あたしはいーもん別に」

「スタミナ下がるとゲームで長丁場持たなくなっちゃうよー」

「いーの。速攻タイプなのあたし」

ふふん、と得意顔してみた。

この世界では、なにかを得ればなにかを失う。そういうことになってる。時間と労力を掛けて手に入れたポイントを支払ってクッキーを買い、食べればＥＸＰを得る代わりにスタミナを失う。あたし自身も今まで膨大な手間暇を数値に変換してきた。なにが手に入るってわけでもないのに数とか上がると単純にうれしくなるのはなんなんだろうね。

「もう一個食う？」

あたし気がついたら三つ目食い終わってて、四つ目行く前に一応シバくんにも聞いてみた。

「俺はスタミナ温存したい派だからやめとくわ」

「あっそ」

あたしはそれがどうしたって感じで残りのクッキーにぱくついた。

「ミッターもそのくらいにしとけば。そんなにＥＸＰほしいの？」

「アビリティーのレベル上げたいんだよね」

アバターには特殊能力が発動することがある。アビリティーって呼ばれてて、ランカーはみんなこのアビリティーのいいやつを持ってるのだ。

店内はますます人増えてきて、アバターの密度によってはほんの一瞬、数msレベルで処理が落ちたりするようになってきた。この時間帯（夜9時以降）は一日で一番人が多くなる。

「買い物終わったらさっさと店を出たほうがいいね」

と、あたしはシバくん引っ張って外へ出た。

たぶん口コミで広まってるのかな、アバターがこの店に向かって続々とやってきては中に入っていく。ジェットスケートや背中に背負ったロケットで飛んでくるアバターもいる。

「人どんどん来るねえ」

あたしたちは道路を挟んだ反対側からぼんやりとショップを眺めてた。

「アレ絶対怒られるよな」

シバくんは胡散臭《うさんくさ》そうに店の建物を見上げてる。結構大きくて、かたちはシュールレアリズムぽいっていうか、曲線でできただまし絵みたいなかたち。その頂上に、ポリゴンブロックで組んだでっかい猫の妖怪が時間を表示してた。

「大丈夫なのかな。垢バンされちゃったりしないのかな」

あたしも買っておいて他人《ひと》ごとのよう。

「あーまずいかもね」

「クッキー買うなら今のうちだな」

とか言ってあたしはポリポリ金属スライムかじってた。一個だけスライムとっといて、今日一日頭にアクセがわりに付けとこう、とか思ってた。

平和だったよ。

このときはまさか自分が〝テロ〟に遭遇するなんて思わないからね。のんびりしたもんだった。

最初なにが起こったのかわかんなかった。

店の前のアバターたちが何人も、一斉に姿を変えた。急に。なんか、ペラペラの、人のかたちをした白い物体に、いきなり変わった。

「ねえシバくんあれなに？」

あたしは指差しちゃった。なんかのパフォーマンスだと思ったのね。だって突然みんな揃ってかたちが変わったから。でもよく見てたら、空中をふわふわと浮いている一人のアバターが、手榴弾《しゅりゅうだん》みたいのをいくつも腰のベルトにくっつけて、今にもその中の一個を手に取って、ピンを抜いて放り投げようとしてる。見た目ゴスロリでひらひらのワンピースなのに、オリーブ色のいかついベルトが全然合ってなくて、なんかアニメキャラにこういうのいそう。

「ねえねえシバくんあれ」

「ん？」

「最近見なかったけど、久しぶりじゃね？」

「あ。そうだね。誰だっけ？」

「おーい」

見覚えのあるネオンパターンだったから、たぶん間違いない。ロリっロリの美少女キャラで外見には不釣合いな巨乳だった。

「ロリーちゃ――ん！　なにやってんの――？」

「おーい」をスルーされたから、Yell（大声）モードで叫んだ。

あたしたちはその美少女キャラを〝ロリー〟ってアダ名で呼んでた。ちゃんとした名前はあるのに最初ロリジジイって呼ばれてて、中の人が五十代後半のおっさんだからそう呼ばれてたんだけど、その呼び方はあんまりだっていうのでロリーになった。ジジイ呼ばわりかわいそうじゃんって思ってたのに、ロリーちゃんは自分から「俺はおじいちゃんLV1だから」って言ってた。おじさんがロリ美少女アバターって別に珍しいことじゃない。美少女キャラのだいたいは、まあだいたいは言いすぎかな、八割は男だと思っていい。巨乳アバターは１００パー男だね。

このときまだ、あたしはロリーちゃんがテロやってるなんて少しも思ってなくて、なんかのネタでやってると思い続けてた。本気なんだって気づいたのは、ロリーちゃんが持ってる手榴弾をこっちに向かって投げてきたとき。

「これテロだ！　逃げるぞミッター！」

シバくんがあたしの手を掴んでジェットスケートの出力全開で、
パァン！

って彼の足元でジェット噴射して、あたしたちは上空に投げ出されるみたいにして跳ね飛んだ。

「うおおおお――――っ」

あたしはシバくんにしがみついてた。一瞬上も下もわかんないくらいに体勢崩して、でもシバくんがすぐに上手く姿勢制御して、空を滑るようにして飛んだ。店の建物の妖怪時計の周りをゆっくりと円を描くように飛ぶ。あたしは地面を見下ろしてみた。

ちょうどあたしたちがいた辺りで手榴弾が爆発したところだった。あの場にいたらあたしも今頃ペラペラになってた。幸い周りに誰もいなくて、その一発は被害者ゼロに終わったっぽい。

——よかった……。

ロリーちゃんのほうはというと、もう次の手榴弾を投げるモーションに入っていて、ピンを抜いた手榴弾を、今度は店から出てくるアバターたちの真ん中に放り込んだ。手榴弾がアバターたちの集団の中で破裂して、その瞬間をあたしもシバくんも空から見た。

それまであたしは、たぶんシバくんもなんだけど、テロで使われる〝ボム〟の仕組みをよく知らなかった。ＲＰＧの範囲魔法みたいなものかなって思ってた。でもどうやら違うみたい。

ボムは起動すると何百っていうオブジェクトに分かれて四方八方に飛び散る。それがわかるくらいにはっきり見えたのは、店の前がすごいラグってたから。ただでさえ人が集中してる狭いエリアに一気にオブジェクトが発生して、処理が落ちてカクカクになって、コマ送りのスローモーションに見えた。小さなひまわりの種みたいな粒が、定規で引いたような線に沿って真っ直ぐに飛ぶ。その粒がアバターに当たると、アバター本体とか身につけてるオブジェクトのパラメーターが問答無用で変更される。

「すげーなぁ……どうなってるんだ」

シバくんは感心して見てる。だって誰かのアバターを、外から働き掛けてかたちを変えるなんて普通はできないから。たぶんクッキーの応用なんだろうなってとこまではあたしでもわかる。クッキーは食べることでアバターのパラメーターを変えるから。にしてもなんでロリーちゃんがあんなの作れるんだろう。どうしてあんなことしてるんだろう。

ロリーちゃんは「俺はパソ通んときからネットやってんだ」が口癖で、みんなからかなりうざがられてた。だって音楽の話してるときに「FMIDIがー」とか言われても知るかよそんなんって。でもうぜーんだけどそれ以外は無害だし、別にパソコンオヤジの昔話なんてログが流れればそれっきりだから特になにも思わなかったのに、まさかガチテロやるなんて。なにがそんなに不満だったんだよ。こんなことならもう少しまじめに話聞いてやるんだったよ。あたしたちが聞き流して笑いものにしてたばかりに彼は、いや彼女はテロに走っちゃったのかな。

「止めようよ。ロリーちゃんを」

どうやってなんてまったく考えてなくて、ただ止めなきゃって思った。だってロリーちゃんどっちかっていうと昔ばかり振り返ってる人じゃん。全然流行りに乗ってテロなんてやるキャラじゃなかったじゃん。

「どうやって止める？」

「よくわかんないけど、ただ見てるだけなんてできないじゃん。ロリーちゃん確かにウザイけどさ、でもテロリストになんてなってほしくないよ。だいたいあたしの見てる前でこの世界を壊すようなこと、やってほしくないんだよね」

あたしが言うと、シバくんは困ったような表情で頷《うなず》いた。

「手伝うぜ。俺、ミッターのやりたいようにやらせてやりたいからさ」

よく言うけどたぶんこのフレーズ気に入ってんだよなシバくん。でもそれって確かお笑いの突っこみのほうの人が使ってるフレーズだった気がする。

シバくんに支えられながら、とりあえずジェットスケートシューズに履き替えた。

「行こう！」

あたしとシバくんは大きく弧を描きながら空中を滑り降りた。ロリーちゃんに話し掛けれるくらいにまで近づいて、でもいつでも逃げられるくらいの距離を保ちながら。

「ロリーちゃ――ん！」

あたしが呼んでも、彼女はこっちを一瞥《いちべつ》するだけで無反応だった。

足の下の地上ではショップの周囲にワラワラ群がってる紙人間がパニクってて、立ち尽くしてたり無駄に走り回ったり。ロリーちゃんはその様子を見て満足したのか、ふわっと方向を変えて、ゆっくりと高度を上げた。どっか他の場所に行こうとしてるみたいだ。まだ腰のベルトに3つか4つ手榴弾がぶら下がってるのが見える。波打った長い髪をひらひらなびかせて、こうして見てるとすごいカワイイのになーなんて思いながらロリーちゃんの後をついていく。

「ロリーちゃん！　なにをしようとしてんの？　なんか怒ってるの？」

話し掛けたのに、距離的に絶対聞こえてるはずだけど無反応。

「ミッター、対リクしようぜ！」

隣を飛んでるシバくんが言った。

対戦リクエスト。

〈アーケード〉ではアバター同士はゲームで戦う。ゲームはフリーで用意されてるものでも、ポイントで買う市販のゲームでもいい。この場合あたしがロリーちゃんに対戦リクエストをすると、ロリーちゃんが持ってるゲームの中からランダムもしくは彼女が選んだゲームで対戦することになる。

「えー、受けるかなあこの状況で」

「ロリーちゃん、今ユーザータウンを出たよ」

ユーザータウン内は対戦リクエストを断れる。でも一歩出ると、対戦上等の殺伐とした世界だ。てかランカーはみんな対戦やらないと上位保てないから、外には強いのがうようよいる。

「ミッターの対ロリーちゃん戦K/D《キルデス》レートは？」

「1.25」

「あれ？　割と負けてる？」

「だってさーロリーちゃんの持ってるゲーム古すぎて、わけわかんないんだもん！」

あたしロリーちゃんなめてて、一人で平気とか思って、なんでもこいやって余裕こいてたらなんかロリーちゃんあたしのまったく知らないゲームで対戦挑んできて、実際何度かボロ負けした。自機にはアバターのパラメーターが反映されるから、あたしはスタミナは無いけどスピードがあるから短期決戦が得意なのに、ロリーちゃんが選ぶゲームにはパラメーターがあんまり影響しないのが多かった。

「どんなゲームだった？」

「えーそれが今でもよくわかんないんだよー。なんか、迷路があってさ、穴を掘って敵をその穴に落として埋めるんだけど、すっごい旧《ふる》いゲームでさ」

「あー、それたぶんロードランナーかなあ……」

「えー、そんな名前じゃなかったよー？　なんとかエイリアンとか言ってたよー？」

「なんだろう。知らないな……」

結構シバくんゲームは旧いのから新しいのまで詳しいのに、その彼が知らないっていうのはよっぽどだな。

「ミッター、リモコンは？　どうする？」

「向こうも一人だし、今回はあたし一人の力でやってみるよ。リベンジだからね」

「了解。ロリーちゃんに挑戦状を叩《たた》きつけてやれ！」

「おっけえ！」

あたしは対戦カーソルをロリーちゃんにロックオンして、

「リクエストー！」

右手の操作パネルに浮かんだ《Request!》の緑色の文字をロリーちゃんに投げつけた。

《Accept!》

瞬時に答えが帰って来た。

空間が立方体に切り取られて、あたしとロリーちゃんだけになった。外とチャットはできるけど、この瞬間はいつも心細くなる。なんだか世界と隔離されたような。

トランスミッター　ねえねえシバくん

レシーバー　なになに？

トランスミッター　ちょっと思ったんだけど、あたし今ロリーちゃんに対戦リクエストしたじゃん

レシーバー　したね

トランスミッター　なんで？

レシーバー　え？

トランスミッター　だって、ロリーちゃん止めなきゃって、これ別にゲーム終わったらロリーちゃんまたテロ始めるんじゃない？

レシーバー　勝てばコードキー奪えるじゃん

トランスミッター　うん

レシーバー　俺、テロで使ってたボムって差、高レベルアイテムだと思うんだよ

トランスミッター　うんあたしもそう思う

レシーバー　コードキー取られるとレベル落ちるじゃん？

トランスミッター　あ、そーかロリーちゃんからコードキー奪ってレベル落ちればボムみたいな手の込んだアイテムがレベル不足で使えなくなるってことねー

レシーバー　そういうことだす

理解。とにかく対戦リクエストを叩きつけた以上、絶対に勝つしかない、勝って勝って、相手からコードキーを奪えるくらい徹底的に勝つ。そういうことで。

あたしはロリーちゃんと二人、対戦用ゲームフィールドで対峙《たいじ》してた。ロリーちゃんはほんと綺麗でどっか外国のお人形さんみたい。瞳がぱっちり金色でまつげとかすごい長いし、肌が白くてブロンドの髪がよく映える。ゴスロリ服もふわっふわでかわいくてすげー布多そう。

対戦ゲーム審判のロイドがいきなり空中からにょっきり生えてきた。ロイドは審判専用人工知能で、掃除機の先端にディスプレイが付いたみたいなかたちしてる。

《対戦するゲームを選んでください》

この場合選ぶのはロリーちゃんね。

ゲームのサムネがいくつも表示されて、シャッフルするみたいにスライドし始めた。どのゲームもあたしが知らないのばっか。いくつかはロリーちゃんと対戦して勝ったり負けたり。

ロイドが煽ると、一枚のサムネ画像に枠がついて大きくなった。対戦するゲームが決まった。

《対戦するゲームは——》

《ブロック崩し》

ロイドの声がゲームフィールドに響き渡った。

ブロック崩し。

……ブロック崩し？

「解体工事でもやんの？」

思ったのは、ツルハシ持ってブロックの山を壊しまくるっていう感じ。崩れすぎて埋まったら負けみたいな。ジェンガかっていう。

《説明しよう！　ブロック崩しとは！》

ロイドが勝手に解説始めた。

《こんな感じのゲームです》

□□□□□□□□□□□□□□□□□□□□□□□□□□□□□□
□□□□□□□□□□□□□□□□□□□□□□□□□□□□□□
□□□□□□□□□□□□□□□□□□□□□□□□□□□□□□
□□□□□□□□□□□□□□□□□□□□□□□□□□□□□□
□□□□□□□□□□□□□□□□□□□□□□□□□□□□□□
□□□□□□□□□□□□□□□□□□□□□□□□□□□□□□

→ブロックいっぱい

○←球

⊂ーーーー⊃←ラケットみたいなので打つ

《つまり球をラケットで打ってブロックに当てるとブロックが消え、球を打ち損ねると負け。3セット先取です》

「ざっくりしてんな説明」

あたしにはまだよく意味がわからない。

ラケットでボール打ってなんでブロック崩れんの？　崩れたあとボールはどうなんのその場で落ちるのそれとも突き抜けていくの？　それにこれどっちから見た図なの上から？　横から？　重力どっち向き？　だいたいこれ対戦どうやんの？　ぷよぷよみたいな感じ？　ていうか最大の疑問は――。

「――それはなにが面白いの？」

《では対戦をお楽しみください》

キビキビと言ってロイドは空中に消えた。

「おいもっとちゃんと解説してけよ！　わかんないよそれだけじゃ！」

レシーバー
ミッター俺これ知ってるわ

トランスミッター
やったことあるの？

レシーバー
うん俺がやったのはアルカノイドってやつだけど

トランスミッター　なにそれー

レシーバー　昭和の時代にすげー流行ったテレビゲームだよ

トランスミッター　またそんな古いゲームを

レシーバー　ロリーちゃんが得意なゲームなんだろ？　もしかしたら中の人大山のぶ代かもな

トランスミッター　ちょっとなに言ってるのかよくわかんない

ゲームがスタンバイに入るとあたしは、もちろんロリーちゃんもだけど、強制的に2Dにされた。
さっき説明された図はどうやら上からの俯瞰《ふかん》だったらしい。
ボールをラケットで打つゲームなのにグラフィックがなんで上から見たとこなんだよ！　アバターも視覚も3Dなのに2D化、しかも上から見た2Dとかどういうことなんだよ！　さすがロリーちゃん昭和の遺物が選ぶゲームには死角がなさすぎるわ！
対戦が始まった。

文句言っても始まらないよね。

よーし。ブロック崩すよ。

整列した四角いブロックに、ボールを当てる。当たるとブロック消えて、ボールはこっちに戻ってくる。外すと一機死ぬ。ボールは二次元的動きだから別に余裕。ラケットの当たる場所とか動きとかでボールの動き変わるみたい。あー、これじゃアバターのパラメーター関係ないな。ラケットが早く動かせるくらいかな。

あたしは淡々と、ボールを打ち返して、ブロックを消していく。

え、これだけ？

たまーに消したブロックからアイテム落ちてきて、ラケットが長くなったりボールの数が増えたりするけどだからなに？　ていうかこれどうやって対戦してんの？　相手の姿が見えないし、やっぱぷよぷよ方式？　そのうちお邪魔ぷよみたいな透明ブロックがごそっと降ってきたりするの？　それよりどうやったら勝負付くんだろこれ……。

ブロックを半分くらい消したあたりで、ブロックの隙間からボールが飛んできた。

「え、なにこのボール？」

自分のボールはアイテムのせいで今3個になってるんだけど、4つ目のボールが飛んでる。

とりあえず打ち返したけど、自分のボールもブロックの隙間から画面の見えないところに飛んでいっちゃってどこいったのかよくわかんなくなった。

レシーバー　ミッター、押されてるぞ！

トランスミッター　え？　シバくん観戦できてんの？　ロリーちゃん今どうなってんの？

レシーバー　えーミッターどうなってるか把握してないの？

トランスミッター　わかんないんだよ。あたしからは対戦相手が全然見えないんだけど

レシーバー　マジか！　ミッターとロリーちゃんは、ブロックを挟んでボール打ち合ってんだよ！

トランスミッター　こんなかんじ？

∩━━━━U←ロリーちゃん

○←球

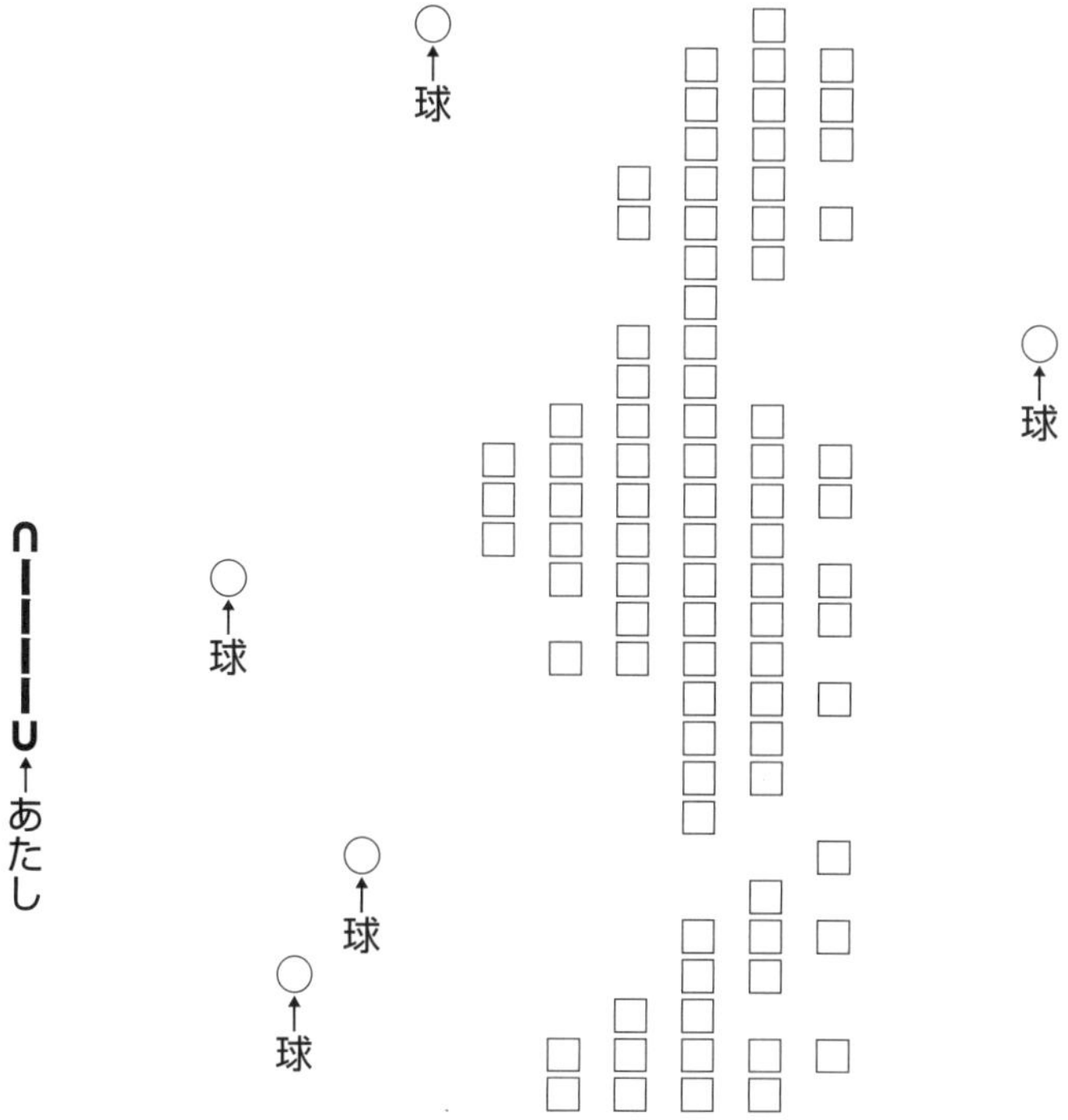
球
球
球
球
球
あたし

そうか！　把握！　だからブロックが無くなった隙間から相手のボールが飛んできたり自分のボールが相手のほうに行っちゃったりするのね！

……だとしたら最終的にいっぱいのボールをただ打ち合うだけのゲームってことにならない？　それってエアホッケーと変わんなくない？

なんて言っているうちに、あたしのほうの画面にボールが一個しかなくなってて、

「あれ？　ボールどこいった？」

レシーバー　ミッター、攻撃来るぞ！

トランスミッター　え、なに？　攻撃ってなに？

だってボールでしょ？　来たボールをただ打ち返せばいいだけでしょ？　簡単じゃん昭和ゲー。

なめてた。

あたしロリーちゃんなめてた。対戦ブロック崩しなめてた。

ボールが同時に三つ飛んできた。それも、ほとんど同じタイミングで飛んできてた。一個打ち返そうと思ったら残りの二つ確実に落とすくらいの横並びで飛んできてた。

「なんだよこれどーすればいいの！　ボールが同じタイミングで向かってくるんだけど！」

飛んでくる角度とタイミングとが微妙に違う三個のボールを、冷静に見極めて一個ずつ確実

に打ち返さなくてはならない。

やってやる！　やってやるぜ！

こんな化石みたいな2Dゲーム、21世紀のあらゆる鬼畜ゲーに揉《も》まれてきたあたしには超簡単！

だって！　あたしは！　ランキング7位の！　トランスミッターちゃん！

「うりゃあああああああああああああああ！！！！！！！！！！！！！！！」

ボールをまずひとつ！　確実に打ち返すッ！

「次ぃッ！」

二球目！　二球目！　二球目？　あれ二球目どこ？

ポコポコッ……て間の抜けた音がして、残りの二つのボールはあたしのラケットの後ろに飛んでって消えた。少し遅れて一個のボール（あたしが打ち返したやつ）がブロックに当たってのんびりと返ってきてたけど、あたしは二つ取り落としたショックで動く気力も無くなってた。

「そういうゲームだったのかよ……」

ボールはただブロックを消すためのものじゃなかった。ロリーちゃんがやっていたのは、あたしのボールが自分のコートに飛んできたらブロックに当てて留まらせて、留められるだけ留まらせてタイミングを合わせて相手コートに一斉に打ち返す。正確なボールのコントロールと確実なラケットさばきと残りブロックの読みができてこその人間離れした大技だった。

なんてあっけない。

負けた。

あっさり。

《You Lose!!》だってよ。

早速1セット取られてしまった——と、思ったら二つあった残機がゼロになってる。

「え？　うそ」

あれか。ボール一個落とすと1セット、今同時に二個落としたから2セット取られたってことか。

「昔ゲー侮れねえ……」

相手のレベルダウンを目論んで戦いを挑んだあたしが、逆にコードキーを失ってランキングから落ちるなんて屈辱耐えられない！　このまま負けたら何位くらい落ちるんだろう。５０位まで落ちるとかあり得るな……。

あたしは抜け殻になってた。ミッターはメンタル弱いよねって、前にシバくんに言われたっけ……。

レシーバー

ミッター、俺に買われよ！

一瞬あたしのなにを買うんだよと思ったけど普通に変換ミスかな。

トランスミッター「でも」

レシーバー「いいから！ 仇打ってやる！ 次負けたらコードキー取られるんだぞ」

ゲーム画面に新たなブロックが並んだ。自分のボールがラケットにくっついてる。あと三つ、ロリーちゃんに落としてもらわないといけない。

トランスミッター「わかったよ」

手持ちのインベントリからコントローラーを取り出した。これがあたしをリモートコントロールするアビリティー〝リモコン〟だ。他のアバターに、ゲームフィールドのあたしをコントロールしてもらえる。最初は使えねえなと思ったけど、ゲームが上手い人に渡せば苦手なゲームでも楽勝なのだ。

ちょっと旧式でいびつなかたちのコントローラーを、あたしはシバくんに渡した。

レシーバー「よし任せろ」

シバくんがコントローラーを使うと、あたしのパラメーターがシバくんとどちらか高いほうになる。お互い弱いとこ補い合っていい感じ。このゲームはラケットが左右に動くだけだからあんまりいいことないかもだけど、シバくんのほうが基本ゲーム上手だからあたしがやるよりずっとマシ。勝つのはシバくんなのに、報酬をあたしが貰《もら》っちゃうのはちょい申し訳ないけどね。

ゲームが始まった。

あたしがなにもしなくても、あたしのラケットは動き回って着々とブロックを消していった。今のところゲームはごく普通の展開。ボールが三つになって、そろそろ相手コートへの穴があく。

「♪～どらげない～どらげない～どらげない～」

シバくん鼻歌歌ってる。コントローラーにマイクがついてるから聞こえてきちゃうんだよね。

「♪～どらげない～どらげない～どらげない～」

そこだけループなんとかしろよ。てかシバくん機嫌いいのはなんか秘策でもあんのかな？

おや……ボールの数が……。

ゲームを見てるとシバくんがなにをしようとしているのかわかった。彼はこっちのコートに入ってきたロリーちゃんのボールを相手コートに返さないのだ。素早いラケットさばきと確実なコントロールで。

すごい。

四つ、五つ、とボールが増えていく。

「まさか……」

ラケットはまるでボールを引き寄せてるみたいに動いた。ラケットで跳ね返ったボールは残り少ないブロックに一個ずつしっかり当たる。そうやってボールを相手コートに一個たりとも戻さない。

とうとうシバくんのコートにボールが六個になった。凄まじい動きで六個のボールを自在に操るシバくん神がかってるよ！

「うおおお！　すげーよシバくん！」

あたしのテンションも上がる。見てるだけなんだけどね。

「ミッター！　六個まとめてロリーちゃんに叩っこんだるぜい！」

「よっしゃあ！　やったれえええええ！！」

しつこいようだけど今シバくんにコントロールされてるわけだからやったれもなにもあたしが声出す必要まったくないんだけど、やっぱりこういうのは気合っていうかね、必要でしょ。

「てんぱったるぜええええええいいぃ！！！！！」

六個のボールすべてを思いっきり打ち返す。打ち返すってよりは撃ち返す。

パコ（1）パコ（2）パコ（3）パコ（4）パコ（5）パコォォォォォォォォン（6）！

六個のボールは鋭い弾道を描いて一直線に飛んで行く。これならいくらロリーちゃんでもひとたまりもないよな……。

あたしには相手のコートが見えないままだけど、ロリーちゃんの残機は見えるわけ。

その残機が、三機あった残機が、一気にゼロになった。

ゲームセット。

「やった――――――――――――！　やったよシバくん！」

「ま、よゆーっす～♪」

シバくんの鼻歌が続いた。

対戦ゲームフィールドが解除されて、あたしはもとの３Ｄ空間に戻る。体が伸びて、帰ってきましたって感じ。

少し離れたところに立っているロリーちゃんの体から、三本のコードキーが飛び出してあたしの体に入ってきた。これがこのゲームの報酬。三本のコードキーは空いたスロットに格納された。コードキーは組み合わせによってアビリティーを発動させたりレベルが上ったりいろいろするんだけど、今回は特に変化はなかった。

「……ロリーちゃん、どうしたの？」

話し掛けても返事が無い。やっぱり様子がおかしいので、ゆっくり近づいてみた。

「ロリーちゃん、……！」

あたしは息を呑《の》んだ。

ロリーちゃんの頬に、《レイバンのサングラス！　特価優遇２４９９円！》って広告が貼られていた。

アバターは中の人が一カ月インしないと広告がついて、その辺を勝手に歩き回るようになる。話し掛けると挨拶くらいはオートで返してくるけど、基本的にはＲＰＧのＭｏｂ《モブ》みたいな存在。

「ここからまっすぐいくとおしろです」とか、「ゆうべはお楽しみでしたね」みたいなシステム的台詞《セリフ》を言わされる。広告は顔に書かれたり頭の上にバナーが浮かんだりいろいろ。

みんな彼らを〝ゾンビ〟って呼んでた。意志も無く空っぽの人のかたちが目的も無く徘徊《はいかい》する様子が、生きながら死んでいるように見えるから。

でもロリーちゃんは普通のゾンビとは違うと思う。だってゾンビが自発的になにか行動したりとかはありえない。ましてテロとか。びっくりしたのは対戦リクエストまで受けて、ゲームしたこと。

だからシバくんはゾンビじゃないって言う。

「ありえないよ。中の人は、いたんじゃないかな」

首をひねりつつもシバくんはゾンビ説を否定した。

「えー？　人が操作してたってこと？」

あたしは納得いってない。理由は二つ。

一つは広告が入ってたってこと。

二つ目は、あたしの勘ね。

「あれは中の人いる感じじゃなかったよー。それに、あたしは前に違うゲームだけどロリーちゃんと対戦してるじゃん。だからわかるよ。あれロリーちゃんのプレイじゃないと思う」

どんなゲームでも人間相手に対戦すると、敵の挙動が相手によって微妙に違う。なんていうか、その人のクセが出る。どこが？　って言われると困るけど、なんとなくとしか言えないんだけど……。

「シバくんならわかるよね？　クセみたいなのあるじゃん」

「あるよ。だから対戦相手別に対策も立てられるんだし。……でもなあ。アバターが中の人抜きで勝手に動くっていうのはなあ。考えにくいっていうか。それにゾンビが勝手に動くってよりか、アバターになんかの不具合で間違って広告がついちゃったっていうほうがあり得る度合い高いし」

「でも一言もしゃべんなかったじゃん」

「それたまにあったじゃん。マイクの調子が悪いとかさ」

「あたしの感覚っていうか、勘は考慮してくんないの？」

「そうは言わないけどさ……」

「あれはね、人じゃなかったね。間違いないね」

あたしは譲らなかった。

「あんな、ボール打つだけのゲームでなにがわかるんだよ」

「あたしにだって、対戦相手の向こう側にＣＰＵがいるのか人間がいるのかくらいはわかるからね」

それ聞いたシバくんちょっとむっとしてた。シバくんには相手がヒトかＣＰＵかの区別がつかないって言ってるようなものだから。

「だいたいミッターのところからは相手コート見えてなかったんだろ？　じゃあロリーちゃん

がどんなプレイしてたかなんてわかんないじゃん」

「わかるよ！」

「格闘ゲームならともかく、ボール飛んでくるだけでわかるわけないだろ、思い込みだよミッターの」

「シバくんにはさ、相手コートが見れてたんだったらさ、もうちょっとちゃんと実況してくれてもよかったんじゃないかな？」

嫌味たっぷり気味で言ってやった。

「だってミッター余裕ぶっこいてたからさ。まさかあんなにボコボコにされるなんて、俺だって予想つかなかったよ」

これにはあたしもカチンと来た。だからそれっきり黙って、涙をぽろぽろこぼしてやった。

シバくんめっちゃオロオロし出した。

別にほんとに泣いてるわけじゃない。ユーザーが作ったスクリプトで〝涙を流す〟っていうのがあって、それ起動してみただけ。ま、武器の一つとして持ってるっていう。アバターデフォルトの涙よりもずっと粒が大きくて、次から次にこぼれてきて泣いてます感全開なの。シバくんは泣いてるあたしをどう扱っていいかわからないみたい。それでも泣き続けてたらシバくん今度はあたしの機嫌とり始めた。

シバくんはなにかモノで釣ろうとして、アイテムとかクッキーとかをいろいろ取り出してはあたしの反応うかがってる。

そろそろ機嫌直してあげようかな。

「ねえ、それちょうだい」

シバくんの持ってた、ゲームキャラを型どったクッキーを指さした。旧いゲームの、２Ｄのドット絵で角がカクカクのキャラだった。前見せてもらったときは全然眼中になかったけど、ロリーちゃんにレトロゲームでボロ負けした今は少しだけ興味でてきた。

「ほしい？」

「うん」

あたしが頷くと、シバくんは得意顔で手に収まるくらい小さなクッキーをあたしに渡してくれた。

「こんなの持ってたんだ」

配管工の兄弟の緑色のほう。今でこそすっかり３Ｄになってレースとか大乱闘とかしちゃってるけど、最初は暗い地下でカメとかカニとかをやっつける超単純なゲームだったんだって。

「ほんとは兄弟二人で協力プレイをするゲームなんだ。でもやり方によっては殺し合いができるんだよね」

〈アーケード〉内で、今でもそのゲームで延々対戦をしている人たちがいるらしい。

シバくんは旧いゲームも新しいゲームも関係なくやってて結構詳しかったりする。ほんと雑食で、前にちらっと口滑らせてリアルの話が出ちゃったときに、カードゲームやボードゲームもやってたみたいなこと言ってた。あたしもボードゲームなんてモノポリーくらいはわかるけど、あとは名前聞いても覚えらんなかった。ドイツのゲームなんて言われてもタイトルも読めねっす。

ロリーちゃんに負けた悔しさも、気分が落ち着いてくると薄れてきて冷静にゲームの流れを反省できるくらいになった。

あたしゲームの知識が少なすぎたな。旧いゲームも苦手なゲームも、ランキングの順位キープしたいなら別け隔てなくやるようにしておかないとだね。

「機嫌直った？」

「概《おお》ね」

「じゃあ、涙をそろそろ……」

あ、涙出っぱなしだったwごめんシバくん。スクリプトは起動させたら止めないとね。延々同じことやってるからね。

「あ……スクリプトだ……」

思わず呟いてしまった。

「なに？　スクリプト？」

「ねえシバくん、中の人のいないアバターにさ、スクリプト仕込んだクッキーをさ、テロと同じみたいにして打ち込んでたとしたらどうかな？」

あたしの言葉を反芻《はんすう》するみたいにしてシバくんは口の中でモゴモゴ言って、ぼんやりとやや上のほうを見る。考えてるときのシバくんのクセ。

「……あー。あり得るなあ……場所とか行動とかスクリプトで指定すれば、手榴弾投げるなんてそんなに難しくなさそうだもんな」

「だからゲームも昔の単純なやつだったのかな？」

３ＤのＦＰＳや格闘ゲームなんかよりは、２Ｄでボールを打つだけのゲームのほうが動かしやすいだろうし。まあロリーちゃんは中の人がいてもレトロゲー選ぶんだろうけどね。

「でも……それって、すごいまずいよな？」

シバくんはキャラに合わない深刻な顔してた。

「そうね。まずいよね」

アバターが自分の意志に関係なくスクリプト打ち込まれて、勝手に動き出しちゃったとしたら。今はまだ中の人が放置したアバターだけだったとしても、いつアクティブなアバターを対象にするかわからない。

なんか、この世界が根っこから壊れそうなことが静かに進行しつつあるっていう気がした。

「……」

二人とも黙っちゃったんだけど、そこはなんていうか、たぶんあうんの呼吸っていう。目が合って、たぶん似たようなこと考えてたんだと思う。だんだん互いの表情に不穏な、なにか企《たくら》んでるときの笑みというかニヤつきが。

「決まりだな」

「決まりね」

「このテロの首謀者をエネミー認定」

「敵としては申し分ないんじゃない？」

あたしたちは頷き合った。

別に誰かのためにとか、そういうんじゃ全然ない。どっちかっていうと最近パターン化して退屈だったから、久しぶりに遭遇した刺激的事件ってとこなのかもしれない。たぶんロリーちゃんを操っている黒幕がいる。そいつは高確率でランカーのはず。倒せばランクがガツンと上がる可能性大。

「よっしゃてんぱったろか！」

シバくんが拳を握りしめて言った。

「やぶさかでないね！」

あたしは頷く。

高まってきた。

これはこれでテロと戦うゲームみたいで、面白そうじゃない？


それから一時間くらいかな、あたしとシバくんは互いに情報収集に勤《いそ》しんだ。っていっても〈アーケード〉のコミュニティー掲示板読んだり、ググったりしただけだけどね。

ユーザータウンのショップで起きたテロの話は、遭遇した人が多かったせいで結構話題になってた。呟《つぶや》きもまとめられてて、その中でロリーちゃんについて書かれていたのを読んだ。ロリーちゃんの行動についてのみんなの意見は『アカウント乗っ取られ説』が一番多かった気がする。妥当なところだと思う。『スクリプト説』を提唱してる人は一人もいなかった。まあそれが普通だよね。あたしだって証拠があるわけじゃないし、あくまでも印象でしかないし、あれ見ただけでスクリプトとは誰も思わないと思う。

まとめを読むと、テロはかなり前からあったことがわかる。

今でこそテロとか言われてるけど、もともとはジョークから始まったらしい。クッキーボムっていって、これは誰かからもらったり道端に落ちてるクッキー拾って食うと、とんでもなくパラメーター下がったり見かけが変わったりする。

最初の頃は「これがホントの飯テロじゃんw」ってみんな笑ってたんだって。

最初は一時的に外見が変わっちゃうイタズラみたいなものだったのに、悪意のあるユーザーがシャレになんないダメージを食らわすようになってから一気に廃れた。クッキーやアイテム関係は信頼できるショップで買いましょう、てなって、知らない人から貰ったものとか、まして拾い食いなんて現実と同じでやっちゃダメっていうのが浸透した。ほら、ゲームの世界、とくにRPGの世界では伝統的に落ちてるものは拾うじゃん。家の中のタンス漁ったり、樽《たる》壊したりするじゃん？　もちろんこの世界では他人のもの勝手に取ったりタンス漁ったりはやっちゃいけないんだけど、落ちてるものに関してはまあいいかって感じだったわけ。それをやめましょうって。その辺りになるとあたしにも噂《うわさ》は入ってきてて、「拾い食いはしないようにしようね」とか言われても「してねーよ最初から！」て軽く憤慨《ふんがい》してたのを覚えてる。

すると今度は、食べることで発動するんじゃなくて、爆発に巻き込まれたアバターに効果を発揮する系のボムが出てきた。

それはスルー・ボムって呼ばれてた。ボムに当たったアバターの着てる服の透明度パラメーターを100％にするってやつ。ひどいよ。いきなり服が透明になる。みんな裸にされて、大変なことになってたらしい。別にアバターだから平気じゃんっては思うのに、HMDしてるとどういうわけか恥ずかしいって感じる。自分の体見たとき服着てないなんてアバターでもやだ。あたしは遭遇したわけじゃないけど、想像するとなんだかな。

で、ボムによるテロが発生するとユーザーによる自衛策が取られた。すぐに『ボム食らってもパラメーターが変更されない服』てのが出回った。透明度変更対策済み、みたいな感じで売られるわけ。そうすると安心してみんな買う。テロがなんぼのもんじゃいってなる。そうやってみんなテロのことを忘れる。たまに思い出して、そんなこともあったね、くらいの話になる。忘れた頃に、今度はまったく違うボムが出現した。

それはキース・ヘリング・ボムって呼ばれた。なんでそんな名前かっていうと、そういう名前のアーティストがいるのね。まとめ読むまで知らなかったんだけど。爆発を食らったアバターは、みんなキース・ヘリングの絵みたいになっちゃうって。顔も体ものっぺらぼうでペラペラの、なんの特徴も無い紙人間に。あたしたちが見たのはこれ。

見た目の特徴をゼロにされてしまうのは、アバターにとって最もダメージがでかい。長い時間をかけて作り上げた外見はそれ自体がアバターのアイデンティティーで、このデジタルな世界で唯一、他人と自分を区別するものだから。だからあたしたちは少しでも異なる外見を作ろ

う と試行錯誤を繰り返してる、日々。ポイント稼ぎだって半分くらいは誰も持ってない髪型やコスチュームを身に着けて、アクセサリのほんの少しの違いに血道を上げるため、と言っていいと思う。だからショックなんだ。それまで一生懸命集めた服とか髪型とか、やっとのことで手に入れた貴重なアイテムとか、一瞬で紙。それよりも気が遠くなるような作業の末に作り上げたアバターの形状パラメーターがリセットされちゃうのがキツイみたい。とくに顔はみんな気合入れてパラメーター調整したり、誰かが作った顔のかたちをポイントで買ったりしてるから、それが一発紙人間だからね。

あたし一回自分で試してみた。どういうパラメーターを設定したら真っ白な人型にアバターをデザインできるのか。

結論から言うとできなかった。顔の数値はいじるのやだったから、自分の脚で試してみた。まず色を真っ白にして、肌にはテクスチャが貼られてて色を数値で指定できるから、これはパラメーターを全部Fにしたら白になった。次に足のかたち、これが無理。どこどういじっても人間の足のかたちから大きく外れなかった。

「たぶん、クッキー作ったりするのと同じなんだろうな」

シバくんが言った。「あれはアプリで作った３Ｄモデルをインポートできるからさ、アバターを３Ｄモデルに置き換えてるか、それか……」

「それか？」

「紙人間の３Ｄモデルの中に、アバターを埋め込んじゃってるかだな。そうなるとアバターのパラメーターどんなにいじっても意味ないじゃん、着ぐるみ着てるようなもんだから」

「そんなことできんの？」

「仕様ではできないけど、現にやってるからな」

〈アーケード〉は自由度の高いシステムだし、ルールも初期の頃の仕様なんか影もないくらいに変わりながらここまで来たし、アクシデントも含めて〈アーケード〉だっていうのもわかる。だから今残ってる人は多かれ少なかれそういう〝事件〟を楽しんでるんだよね。逆にカオスな感じがもうイヤっていう人は、やめていなくなっちゃう。他にもネットゲームはいくらでもあるし、ＳＮＳだって「似たようなサービスいくつもいくつも作りやがって」って言いたくなるくらいたくさんある。それにネットゲームって多かれ少なかれみんなやめなきゃって心の片隅で思ってて、それがずーっと脳にくっついてて、やめるキッカケとかタイミングとかあったら「ここだ！」ってなって速攻やめちゃう。テロに遭ってアバターの戻し方がわかんなくてそのままやめちゃった人もいるって。そういうの読むと、残念な気持ちになる。

まとめを辿《たど》ってると、いろんな人がテロに関して日記書いたり呟いたりしてて、中にはランカーの人とか、知ってる名前もちらほらあった。

その中に、あたしたちに割と絡んでるアバターの名前が……。

「キャリアーがテロのこといろいろ詳しいみたいだな」

シバくんが見つけた。「ちょっとメッセしとくわ」

シバくんはやるとなったら行動早いからね。早すぎてその行動を止めるのが間に合わないくらい。

「あのさ、シバくん、キャリアー巻き込むのはやめとこうよ……」

言ったときにはもう、

「えー、DMしちゃったよー」

だから早いんだよ仕事が。

キャリアーって子は友達っていうかライバルっていうか、ランキングであたしと同じ辺りを上行ったり下行ったりして切磋琢磨ってやつ？　でも相性が悪いっていうか互いに「あいついけ好かねえ」って思ってると思う。しょっちゅう対戦してコードキーを抜いたり抜かれたりしてて、なんていうかお互いの手の内知り尽くしてるっていうか？　あれもしかして仲いい？　でも顔合わせると憎まれ口の叩き合いになるからやっぱり水と油なんかな。見た目はあたしとそんなに変わんないくらいの女の子アバターで、中の人のことは全然知らない。

「DMリプ来た。早ぇ」

キャリアーこんな時間に暇なのか。インはしてないっぽいが。

「なんかキャリアーもテロのこと調べてて、俺たちより全然知ってるみたいだよ」

マジか。あいつに先越されるとかちょっとくやしいな。

「知ってるって、どれくらい知ってるっていうのよ？　あたしたちは犯人と対戦までしてんのよーあたしは負けたけど」

別にシバくんにつっかかっても仕方ないんだけど、キャリアーからのDM読んでちょっと嬉しそうな顔してるシバくん見るとつい意地悪したくなる。

「なんか、俺たちにも手伝ってほしい……ぽいよ」

シバくんの言い方が歯切れ悪いのは、たぶんキャリアーがＤＭに「手伝わせてあげてもいいのよ」的な口調で書いてるんだと思う。そのまま伝えるとあたしがキーッてなるからやんわりと変えてる。前にもそんなことあったからわかるよ。

「ま、協力するのはやぶさかでないけどね。キャリアーがどの程度敵のことを把握してるかによるかな」

「ちょっと様子聞いてみるよ」

また楽しそうにＤＭ打ってる。

もしかしてあたしが知らないだけで、テロのことは結構タイムリーなネタになってたのか。

「キャリアー、テロをやってる組織の名前まではわかってるって」

「なに――――？」

「敵は結構組織的に動いてるらしいよ」

「キャリアーは一人で動いてんの？」

「わかんない。でもそこまで知ってるんだったら、何人か詳しい人たちと動いてるんじゃないのかな」

俄然《がぜん》、やる気出てきた。だってキャリアーに負けたくないもん。あたしだって彼女が知らない情報知ってると思うし、少なくともテロリストの一人はロリーちゃんだってことわかってるんだし。知り合いがテロリストってのはちょっと微妙だけどさ。

キャリアーは今日はインできないみたいで、明日にでもどっかで合流しようってなった。

シバくん鼻歌歌ってる。

「なーんか楽しそうじゃん」

「え？　別にいつもどおりだよ」

「違うね。いつもより若干浮かれてない？」

「そんなことないよー」

「明日キャリアーと会えるからでしょ」

「え？　ミッターもしかしてやきもち？」

「バーカ！　ちゃうわ！」

腹立ったからその日はシバくんとFPSのチーム戦の誘い蹴って、日付が変わる前に落ちた。


結局〈アーケード〉からは12時前に落ちても、寝たのは午前3時過ぎだった。

夢見は悪かったなー。〈アーケード〉であった嫌な出来事をもう一回トレースするみたいな夢を最近はよく見る。今朝は女子高生のコスした中年オヤジのゾンビに追いかけまくられた。たぶんロリーちゃんのことなんだろうな。まんまの夢だよもう勘弁してほしいよ。

そういう朝は学校行く用意するのもだるくて、シャワーとかいいやってなるし朝ごはんも味しないし「行ってきます」言うのもしんどい。

重い頭を抱えるようにして家を出て、学校への道を歩く。一瞬、ジェットスケートに履き替えたいとか思って、あーここで飛んだら電線に引っかかりそうだなーってとこまで考えてから、あ、無いじゃんって気づく。なんていうのかな、HMDで映像を見ながら経験したことって、ゲームでも映画でも、脳が現実と勘違いしちゃってるようなとこあるかも。朝の通学路とかで人とすれ違ったときにアバターに見えたりとか。あれ？　ネオンライン入ってないぞ、とかテクスチャ細かいなとか思う。人いっぱいいると処理落ちしそうだから近寄らないでおこーとか。あーどっぷり浸かっちゃってんなー……思うけど、たかがゲームくらいで勘違いするような脳のほうが欠陥品なんじゃね？

歩いてるとスマホがぷるぷるいって、シバくんからDMきた。おはようだって。昨夜のこと気にしてるのかな。てかちゃんと寝たのかな。

DM（ダイレクトメッセージ）っていうのは、アバター同士でやりとりするメールみたいなもの。あたしは一応自分のスマホに内容を転送する設定にしてる。昼間あんまり来ないんだけど、たまにシバくん容赦なしに授業中に送ってきたりするから油断できない。学校はスマホケータイ禁止で、持ってくるのはいいんだけど（あんまいい顔しない）電源切っとけっていう。実際は誰も切ってないし、授業中でも普通にラインとかやっちゃってるけどね。みんなサイレントモードにしてて、ぷるぷるすんのも授業中教室が静かだと結構目立って聞こえちゃうから。でもあたしたまたまバイブオフるの忘れてて、国語の授業中に盛大に鳴った。

先生が振り返って教室をぐるっと睨《にら》む。彼女は若くて美人で男子にすごい人気だけど怒るとマジ般若《はんにゃ》。

「だれだぁー今ケータイ鳴らしたのー」

誰もなにも言わないのになんでわかんだろーね、般若は真っ直ぐあたしんとこ来て「放課後職員室まで取りに来い」とか言ってスマホ持ってった。放課後ってまだ二時間目じゃん。あと何時間あんだよ……。

レスポンス悪いとシバくん不機嫌になってぷりぷりするのだ。それがちょっとかわいかったりもするからたまに意地悪してみたくなって返事遅くしたりする。一回それでほんとに忘れちゃって夜まで放置したことあって、シバくん泣いてた。号泣してた。わざわざ眼から滝みたいに涙流すスクリプトをどっかから買ったのか、ずっとあてつけみたいにして一緒にいる間ずっと滝だった。止めるの忘れてたんだろうな。

誰かにスマホ借りてメールするってわけにもいかない。学校のＰＣ室からＷｅｂメールでシバくんとどうにか連絡取ろう。ＰＣ室行くなら昼休みかな。それまで待ってれシバくん。

放課後友達に「一緒に帰ろ」って誘われた。

「ごめーん職員室呼ばれちゃった」

「別に待ってるよー」

「ううん、なんか長引きそうだから、先帰ってて」

「あーそういえばスマホ取られてたよね」

「そうそれー」

「わかったー。じゃーまた明日ねー」

職員室行くのはやましいことなくてもなんとなくいやだ。先生ばっかいる空間ってどっか時空歪《ゆが》んでそう。なんか小言言われんのもめんどくさい。しかも今回ちょっとやっちゃった感あるのは、ロック画面にメールのタイトルと最初の三行が表示される設定になってたってこと。先生に取り上げられたときはロック画面が点いてててたぶんシバくんからのメールがばっちり表示されてた。学校でメールチェックするときロック画面見るだけでメール確認できるからあえてそういう設定にしてたんだけど、内容はともかく問題はタイトルがね。〈アーケード〉からの転送ＤＭのタイトルって、先頭に【ArcadeDirectMessage】って書いてあるのだ。もし先生に見られてたら、〈アーケード〉やってるってバレちゃうかもしんない。そのことで文句言われんのもしんどいなって。

職員室行ったら、「ちょっと生徒指導室行ってて。開いてるから」って言われた。あーこれ面倒なパターンのやつだー。なにもなければ職員室でちょっと怒られてスマホ返されて終わりじゃん普通。

生徒指導室の椅子に座って先生を待つ間もそわそわして壁際の棚に入ってる本とかパラ見してみたりとかマジ落ち着かない。

――たぶんアーケードのこと言われるよなあ……。

〈アーケード〉が印象悪かったり学校や大人がいい顔しないのは去年〈アーケード〉に絡んだ殺人事件が起きたから。〈アーケード〉で知り合った男女がオフで会って、女の人が男にストーカーされて殺された。結構マスコミに大きく取り上げられて、いつもみたいにネットが悪いとかいう話の流れで〈アーケード〉がいかに青少年に悪影響かっていう論調でうんざりするほど一色だった。学校でも家でもやってんのかとかいろいろ詮索されたし、まあドストライクでやってたわけだけど、親にＨＭＤなにに使ってんだよって聞かれて言い訳探すの大変だった。〈アーケード〉はよくわかんないネットベンチャーが運営してて、関係してる人とか会社とか謎だらけで、それはそれで別なところ（主にネット）では憶測が流れて盛り上がってたんだけど、テレビとか新聞とかに広告も出してないから叩きやすかったのかな。これがＴＶＣＭガンガン流してる大手だったら手加減すんでしょって。

「ごめんね、待たせて」

とか言って先生入ってきた。

まあ悪いのはこっちだし、先生に謝られる筋合いないけどね。

スマホはあっさり返された。

「持って来てもいいよとは言えないけど、授業中は鳴らすな。バイブでもダメ」

「はい。すいません」

あ、意外とあっさり終わるか。……と思ったけど先生「行っていいよ」とは言わずに机挟んで正面に座ったまま動かないであたしの顔見てる。

「最近成績、学年順位落ちてるけどなんかあった？　自分でテストの点数下がってきてるの、わかってるよね？」

そんなことか。どうやらアーケードのことはバレてないみたいだ。

「なにか勉強に集中できないこととかあるの？」

「いえ別にありませんけど」

明らかに〈アーケード〉のせいです。……とは言えないしな。

「もうすぐ三年なんだし、受験生になるんだから……」

あとは「自覚持ちなさい」系の話だった。なんかそろそろ立志式とかで将来の目標だか抱負だか作文書かされるからこの手の話多い。

自覚は持ってるよ。あたしはこんなもんだよ。そんなに高望みもしてない。親は成績すっごい気にしてるけど、あたしの成績なんて塾通っててこの程度なんだからいい加減諦めればいいのに。高校は義務教育みたいなものだから行けるなら行くし、その先はわからん。だいたい中学くらいでそんな先のこと考えたってしょうがないじゃん。

そんなことよりあたしは今アーケードのほうが大事なんだよ。あたしの世界がテロによって壊されようとしてんだよ。あたしがテロの危機からアーケードの世界を守るんだってのよ！

昇降口まで廊下走って、校舎出た瞬間にスマホ取り出してシバくんからのＤＭ見た。

ＤＭには、「キャリアーがインしてきたから話聞いておいたよー」

なんだよそんなことでＤＭしてきたのかよあたしの授業中に！

テキストには他に、「今日テロが計画されてるらしい。キャリアーが場所を突き止めたから待ち伏せしてやっつけようぜ」って書いてあった。

くっそ楽しそうだな。てーかお前らなに平日の昼間からインしてんの？　シバくんは不登校かニートで確定だとしてもキャリアーはなにやってる人？　大学生とかかな。あたしも学校がなければ朝から翌朝までアーケードにいられるのに。ずるいよ二人とも。

塾ないから早く帰れる、って早歩きで下校して、帰ったら速攻イン。入った瞬間ってかシバくんあたしを待ち構えてた。なんか焦《あせ》ってる様子。ＤＭではそんなになにでもなかったのに、どうした？

「なんかあったの？」

「奴らが出たんだ！」

シバくんは興奮している。

奴らっていうのはキャリアーが探りだしたテロ組織のことなんだろうってのは容易に想像ついた。

「やっつけに行こうぜ！」

シバくん気合入ってる。

「やぶさかでないね！」

親指立てて答えてやった。

「よーし、行こう！」

言って、シバくんはたたたたっ、と助走をつけた。

「あっ、待って！」

あたしは慣れないジェットスケートシューズをスタンバイからチャージにして、つま先をトントンしながら彼の後を追おうと――。

パンっ!!

目の前でド派手な破裂音が鳴った。シバくんのシューズが爆発みたいなジェットを噴射すると、彼は大空へ吹っ飛んでいった。

「ああ、もうーすぐそーやって先に行っちゃうんだから!」

あたしも後からついてくために普段よりちょっと多めにエネルギーをチャージすると、

ぱぁん!

弾けるような音が鳴った瞬間あたしの体は空中に投げ出される。靴に引っ張られるみたいにして、シバくんの描いた飛行機雲の後を追う。空中で両足のバランスをとるのが難しくて、慣れない頃は思ったのと真逆の方向に飛んで行ってたけど、最近はだいたい行きたい方向に行ける。

つま先を下に向けて、軽くエネルギーを噴射するとスピードが上がった。あたしの先を滑るように飛んでるシバくんがあまりにも気持ちよさそうだから、彼の頭にしっぽみたいにくっついてる髪の束を右手で掴んでやった。

「なになになに?」

髪にしがみつかれて一瞬体勢を崩しそうになったシバくんだけど、すぐ建て直してあたし込みでバランス取って飛んでくれる。

「先に行きすぎなんだよーシバくんは」

　ぶちぶち文句言った。

「ごめん」

　笑いながら謝ってるけどどうせすぐ忘れて同じことをする。で、またあたしが文句言ってシバくんが謝る。これの繰り返しなんだけど、彼が笑顔で謝るから、その笑顔であたしは許しちゃってまあいいかって。

「どのへんなの？」

「そんなに遠くない。もうすぐだよ」

　シバくんはちょっとだけキョロキョロしてから、ある一点に視線を合わせた。

「あれだ！」

　そう言うと彼はあたしの手を取って、

「降りるぞ！」

　シューズの底を天に向けて、踵《かかと》の噴射口からエネルギーをパシュッ！　てやったからすごいスピードで地上に落ちていく。あたしはシバくんに手を引っ張られたまま一直線に——。

「うひょおおおおおおお!!」

　すげースリル。激突すんじゃないのってシバくんの腕にしがみついて目をつぶった。パシュッ、パシュッって何度か破裂音がして、あたしはシバくんに支えられながらふわりと着地した。

　こういうのやめてほしいんだけど、シバくんはあたしが怖がるから面白がってるんじゃなくて、彼が面白いと思うことはあたしも面白いと思うはず、と思ってるみたい。あたしがぶんむくれてんのにドヤ顔しやがんの。

「この辺りでテロがあったんだって」

「何時頃？」

「ほんと、ついさっきだってさ。だからちょうど良かった。なんか遺留品探しをしようってキャリアーが」

「キャリアーが？」

「うん」

「てことはこの近くにキャリアーがいる？」

あたしは見る暇がなかったフレンドリストを見て、キャリアーがインしているのを確認し、その座標があたしが今いる位置とほぼゼロ距離——。

「遅かったじゃない！　トランスミッター！」

声がした。

どこだ!?

あたしはキョロキョロと周囲を見回すけど姿は見えない。え、ほんとにどこ？

「どこ探してんのよ！　あたしはここよここ！」

見上げると、誰かの家の屋根みたいなとこにキャリアーが仁王立《におうだ》ちしていた。鮮やかな緑色のツインテールを吹いてもいない風になびかせ、ショルダーキーボードを構えて決めポーズ取

ってる姿は若干芝居がかってる。それがキャリアーの、リアルとは違う自分なんだろうな、と思うとリアルどんなかなってちょっと興味出ちゃう。

「なんでそんなとこに……？」

「テロリストがどこに現れてもいいように見張ってるんでしょーが」

立ちポーズを取ったキャリアーの、やっぱりツインテールは揺れてる。そういうスクリプトなんだ、風とか無関係に常になびくんだその髪の毛。どっかの国の国旗はニュース映像とかで見るといつも風にパタパタしてるけど、あれはポールから風が吹き出てるんだって。キャリアーの髪もそんな感じでふわふわ揺れる。

「それで、テロリストはどこなの？」

あたしはもう一度辺りを見回してみた。ぱっと見テロがあったような形跡は無い。テロがあった後なら、被害に遭ったアバターが途方に暮れてふらふらと彷徨《さまよ》ってるはず。見たところ、それらしいアバターがいるようには思えなかった。

「あんたの観察力も大したことないわねミッター。テロの被害がいつも同じパターンだとどうして思うの？」

どういうことだろう？　キャリアーはなにを見たっていうんだろう？

少し離れたところで、誰かのアバターが急に現れたように見えた。びっくりして見てたら消えて、また現れた。

「えっ。えっ？」

どういう仕組なわけ？

「よく見なさいよミッター。被害者がどんなアバターになっちゃったか」

驚いてるあたしを見下ろして、キャリアーは不敵に笑う。

あたしは目を細めて凝視した。すると、見えてきた。被害に遭ったアバターの悲惨な姿が……。

「厚さが、無い……？」

半信半疑で近づいていったのだけど、そのアバターは前から見ると普通の姿をしているのに、横から見ると厚みがゼロでまったく見えなくなってしまう。

キャリアーは屋根から降りてきて、あたしの隣に立った。

「ゼット・ゼロ・ボムよ。これを食らうとアバターのZ軸の数値がすべてゼロ、つまり厚みのない2Dキャラになってしまうわけ」

あたしは彼女の言葉を聞き、戦慄した。

「よくもこんなひどい爆弾を次々と……」

シバくんも憤慨している。

「3D空間の中の2Dキャラって、肩身狭そうだね……」

あたしも思わず呟いてしまうほど、その姿は哀愁を誘うものだった。ああはなりたくない。

あのアバターはこれから一個一個体の厚みのパラメーターーを入力していかないと元には戻れない。根気のいる作業だ。それなら一から作り直したほうが早いかもしれない。

「あのアバターはアーケードを去ると思う」

キャリアーは彼の後ろ姿に憐れみの目を向けた。「彼はもう、アーケードにインする気力もない、抜け殻なの。愛着のあるアバターがああなってしまったことで訪れる無気力、アバターロスってやつよ」

「アバターロス……！」

ペットロスってのは聞いたことあるけど、アバターロスとは。

「アバターが2Dになってしまった悲しみは、大変なものなのよ。今、彼のココロにはぽっかりと大きな穴が空いている。なにをする気も起きないはず。ミッターにも経験があるんじゃない？　ぼうけんのしょがきえました！」

「セーブデータが消えたってことでしょ？」

「違うのよ違うのよそーじゃないのよわかんないかな。セーブデータと冒険の書は違うのよ！」

なぜかわかんないけど熱くなってるキャリアー。ぶるんぶるん首を横に振って、ツインテールを振り乱して語り続けた。

「冒険の書っていうのはね……、ドラクエのセーブデータって言っちゃえばそれまでなんだけどね、なんて言うのかな、単なるデジタルデータと一緒にしてほしくはないわけよ。冒険の書にはそれまで歩いた道程すべてが刻まれてるわけ。それは血と汗と涙が染み込んだ時の結晶なのよ。ただのデータってわけじゃないの。それにカートリッジのデータっていうのは本当に消えやすくてね、それはねバッテリーを使った揮発性メモリを使っていたせいっていうのもあるんだけどそれ以前のドラクエの復活の呪文から脈々と続く――」

あれ、この話長そうだぞ？

あたしは密かにキャリアーは昭和人なんじゃないかと睨んでたからね。

キャリアーの熱いドラクエトークは続いて、ひとしきり語り尽くすと彼女は遠い目してた。

「じゃあ、次はＦＦの話しよっか……」

キャリアー止まんないんだよこれ話し出すと。

「ちょっと待ってその前に」

さすがにあたしも止めたね。「テロの場所がわかったっていう話は？」

「ああ……」

ＦＦの話を勢い止めてほしくないという気持ちと、テロの場所の話をしたいという気持ちがせめぎ合ってるみたいな小さな葛藤の後、キャリアーは話してくれた。

「あたし、テロが起きた場所と時間を調べていくうちに、パターンを発見したの」

「パターン？」

「パターンっていうかね……、テロは同じ場所で二回起こることがあるのよ」

「時間差ってこと？」

「たぶん、一度テロが起こると、その後に野次馬が集まるじゃない？」

「あたしたちみたいな？」

「あたしたちは違うのよ。テロリストの正体を暴いて、組織をぶっ潰すためにやるんだから」

「あれでしょ、集まった野次馬にテロるっていう」

シバくんが言った。

「そういうことなのよ。だから、テロがあった場所で待ち構えていれば、奴らは再びテロを起こしにやって来る……こともある」

キャリアーはため息をついた。「今のところそれしかないのよ。神出鬼没過ぎて」

あたしたちは、その場で待ち伏せすることにした。待ちぶせって言ってもだべってるだけだからいつもと変わらない。


あたしたちはテロが起こるのを待ってた。待ってたって言うと変だけど、でも起こらないことには動きようがなかったから。

すぐ動けるように、あたしもシバくんもジェットスケート履いたまま待機してた。キャリアーも高いところに仁王立ちしたまま見張りみたいにして周囲に目線を配ってる……と思ったら寝てた。

待ち疲れたのね。

あたしもさっきから欠伸《あくび》が出っぱなし。飽きてきた。

勢いもね。大事よ。がーっと上がってピークのときにね、それ過ぎちゃうとゆるゆる落ちていってだらけちゃうからね。

屋根の上のキャリアーは横になって口開けて寝てるし。シバくんはちっちゃいウインドウ開いてゲームやり始めちゃってる。コントローラーは、それはなに？　ゲームボーイ？

「なにやってんの？」

「ヘッドオンっていうレトロゲーム」

「知らない。面白い？」

「うん。昭和のゲームってまたなんか違うんだよね」

　シバくんが言った。

「違うっていうのはわかるよ。グラフィックとかしょぼいもんね」

「うん。しょぼいんだけど、なんていったらいいのかな、単純だから深いっていうか。昼間ずっとさ、いろいろやってみたんだよね。インベーダーとかパックマンとか」

「シバくんすっかりハマってない？」

「やっぱさー、黎明《れいめい》期の熱さっていうか、カオスっていうか、テンション上がんだよねー」

　黎明期とかカオスとかいう言葉、シバくんが使うなんて意外だな。

「カオスねえ。カオスって言ったら今だってじゅうぶんカオスじゃん。こんななんでもありのバーチャル３Ｄ空間で、物騒なテロリスト追いかけてリアルの日常生活犠牲にしてさ」

　あたしはあたしで、ずっと考えてたことがある。

　テロを起こしているのは、どんな奴なんだろうって。黒幕は誰なんだろうって。なんでこんなことすんだろうって。

　誰かがボムを作って、誰かがそれを運んで、誰かが起爆して、誰かがそれ見て笑ってるわけでしょ。それはいったい誰なんだろうって。

シバくんに話した。

「これ、黒幕って誰なんだろうね？」

「くろまく？」

「テロリストのリーダーってことなんだけど」

「リーダーねえ……」

シバくんはゲームに熱中してて上の空みたい。あたしはそんな態度が気に入らなくて、彼のヘッドホン外して耳の傍で、

「だって、ボムだって誰かが作らないといけないわけでしょ。それって誰だろー？」

大声で言ってやった。

「さあ……？」

シバくんは煩《うるさ》そうに顔をしかめた。

「興味ない？　あいつらがなんでこんなことしてるのか、目的とか」

「うー、興味なくはないけど、考えてもしょうがないしなあ。とりあえずは犯人見つけて叩きのめすしかないいんじゃやね？」

そうなんだけどさ。

周りに人が増えてきた。

テロの噂を聞きつけた野次馬もいるだろうけど、この辺って元々人が多いみたい。ショップ

も多いし、アイテムとかのトレードを仲介するような信用値の高い古参プレーヤーがいっぱい住んでて、ギルド作ってる。そういう場所だから、テロの目標に選ばれたのかな。

キャリアーも横になって寝てるままだけど片目開けて近くを警戒してる。

あたしは無意識にロリーちゃんの姿を探していた。また来るんじゃないのかなって気がした。次ロリーちゃんと対決するときはあたし、最初からシバくんにリモコン渡してコントロールしてもらおう。レトロゲームやりこんでるみたいだし。

「来たかも」

キャリアーが立ち上がった。

「どこ？」

あたしも彼女が見てるほうに視線を向けたけど、建物に遮られてて全然わからなかった。

遠くで、ボムの破裂する音がする。

シバくんも(゜д゜)ﾊｯ! と顔上げて、ゲームを中断して耳を澄ませた。ボムの音は断続的に鳴ってて、いったい何発使う気なんだよって。でも音がしてるってことは被害者が出てるってことだから、早く止めに行かないと！

「キャリアー、敵はどこ？」

聞いてみたんだけど、彼女は遠くを見たまま、

「うわぁ……」

ってすごい微妙な顔してる。

「……どうしたの？」

「あれは、あたしたちの手には負えないわ……」

一歩、二歩、キャリアーは後ろに下がってる。あたしは気になって、ジェットスケートをちょっとだけ噴射して屋根の上にジャンプ。キャリアーの隣に立った。

「マジすか……」

あたしも思わず言った。

背中にロケットを装着したアバターが、あれ何人くらいいるんだろう……？　十人くらいいるのかな？　みんな顔に広告を付けてて、動きが綺麗にシンクロしてる。

先頭の男アバターはタキシードっぽいコスチュームにシルクハット。目だけ隠れる仮面をつけて胸にバラの花とか差して、なにそれタキシード仮面かよ！　そして彼に率いられるかたちで大勢の広告付きアバターが、ロリーちゃんが付けてたみたいな手榴弾型のボムを、サンタがプレゼント配るみたいにしてぽんぽん放り投げてる。当然その下の街は阿鼻叫喚。爆発に飲み込まれたアバターの皆さんが瞬《またた》く間にペラペラの２Ｄになっていく。

「やめろ――――！」

シバくんがジェットを噴射させてタキシード仮面に突入していった。

「待って！」

仕方ないからあたしもついていく。

「ちょっと！　あたしが先に見つけたのよ！」

キャリアーもあたしの後ろから追ってきた。

さすがシバくんはすごいスピードでジェットスケート乗りこなして、ジグザグにカーブしながらタキシード仮面に迫る。なにするんだろ、と思ったら一直線に地面へと突っ込んだ。あのまま行ったらボムの破裂に巻き込まれちゃう――！

「シバくん！」

あたしはどうすることもできなくて、ただタキシード仮面の正面に、ふわふわ漂っていた。

シバくんは、広告付きアバターがたった今放り投げた手榴弾を、地面に落ちる直前に掴み、それを空中のタキシード仮面に向かって投げつけた。

さっと身を翻して躱《かわ》したタキシード仮面。直後、手榴弾は空中で爆発して、広告付きアバターたちが一瞬にしてペラペラになった。彼らは腰につけた手榴弾や背中のロケットごと２Ｄになって、体を波打たせながらひらひらと枯れ葉のように地面に落ちいてった。

「シバくんすごい……」

あたし素直に感心した。あの一瞬でそんな判断してたなんて。

「なんてひどいことをするんです。私の同志たちをペラペラにしてしまうなんて」

タキシード仮面だった。彼は上空からあたしたちを見下ろしていた。

「ひどいことしてんのはお前らだろー！」

シバくんが叫ぶ。

タキシード仮面は肩をすくめた。

「おかげでもうボムが使えなくなってしまった」

彼はそう言うとゆっくりと高度を落とし、2Dになった〝同志〟たちの中に舞い降りた。シバくんは彼の真正面に立って睨みつけている。あたしとキャリアーもシバくんの傍《そば》へ降り立った。あたしたちと、タキシード仮面withペラペラ広告アバターが向かい合った。

「どうしてこんなことするの！」

キャリアーが言った。

「理由が知りたければ、私の同志になることだ」

「はあ？」

「この広告を受けてみろッ！」

ん？　広告？　攻撃じゃなくて？

タキシード仮面は魔法少女アニメの変身みたいに大げさなキラキラエフェクトを振り撒《ま》いて、胸に差したバラをひゅいっと投げた。それが結構すごいスピードで飛んできてて、シバくんもキャリアーもばあっと飛んで逃げたんだけど、アクションに気を取られてたあたしだけ避けきれず、

「イテッ！」

顔に刺さったと思ったバラは、カードみたいにほっぺたにぴったり貼り付いてた。

「ミッター！」

シバくんが駆け寄って、庇《かば》うようにあたしの前に立った……までは良かったんだけど、彼は

あたしの顔を見るなり、

「ちょっ……w」

口を押さえて明らかに笑いを堪《こら》えてる。

「なに？　なんなの？」

不安になって近くの建物のガラス窓に顔を映してみた。

「ひっ……」

変な声出た。あたしの左頬に大きく『傷痕の目立たない○茎手術』とか太いゴシックで書いてあって○須クリニックの広告が。

「いやあああああああああおああああああああ!!」

悲鳴。上げたよ力の限り。こんなにかわいいあたしの顔に○茎手術の広告貼るとかタキシード仮面マジ鬼だろありえん。

「てめー女子になんてことをしやがる！」

とか言ってるシバくんまだ半笑いじゃんか。

「ミッター、大丈夫!?」

キャリアーも駆けつけてこようとしたけど、

「来ちゃダメ！」

あたしは止めた。なぜならキャリアーにだけは広告入った顔を見られたくなかったから。

「ふはははははははははは。貴様にも広告を食らわせてやるぞ！」

タキシード仮面が手をしゅっ！　て振ると、手からバラの花びらが手品みたいにぶわぁって、前が見えなくなるくらいになった。シバくんも一本二本のバラが飛んでくるなら避けられただろうけど、花吹雪みたいに散らばってくるのに目眩《めくら》ましされたみたいで、あたしを抱えて後ろに飛び退くのが精一杯だった。花びらは数枚シバくんの顔に貼り付いて、小さなウインドウになって広告を表示し始める。そして花びらが舞う中を割ってバラが飛んできて、それは花吹雪の中から急に現れたように見えた。たぶんシバくんはあたしを庇ってくれていて、一直線に飛んできたバラを彼は脳天でサクッと受け止めた。

シバくんの頭にぷっすり刺さったバラの花は立て札みたいな広告バナーを彼の頭上に咲かせた。シバくんも気になって頭の上に手をやるんだけど、バナー広告に実体は無いみたいでスカってなってなって。

「……なんの広告？」

すっごい不安そうにあたしの顔を見て聞いた。

あたしもたぶん笑い堪えてた。てか堪えきれなくて吹いた。でもそれは頭に立て札はやしたシバくんのしょぼくれ顔がおかしかったから。

「知りたい？」

「知りたい……」

「エロマンガ。立ち読み一巻無料だって」

シバくんはそれ聞いてげんなりしてた。あたしはサイドの髪を無理やり引っ張ってきて頬を隠すようにくるくるしたら少しはごまかせたけど、彼は頭の上で、しかもマンガのエロいコマが数秒おきに切り替わったりとかしてすげー目立ってる。たぶん元のコマのすっぽんぽんの女の子の絵に、取ってつけたみたいなパンツ描き足してるのは良心の欠片なのかな。

「ふぁっはっはっはっ！　いい面じゃないか二人とも。せいぜい稼いでくれたまえ。1クリック毎に0.3円が私の懐に入ります。クリッククリックチャリンチャリン！　うわっはっはっは」

あたしもだんだん腹立ってきて、奴のちょいちょい入ってくるですます調もイラつくし、アフィにもむかつくし。

「なんで下ネタ関係の広告ばっかなんだよ！　同じアフィでももうちょっとなんかあんだろーよ！」

シバくんブチギレポイントそこじゃねえよ。

「エロのアフィのほうが稼げるのだよ。クリック率も高いしな」

「なにリアルに答えてくれてんの。さっさと消せよこの広告！」

あたしもキレ気味に言った。大人しく消すとは思わないけど。

そしたらタキシード仮面が、

「消してやらないでもないがな」

って言ったから意外。

「ふん、なんか条件でもつけようっていうの？」

タダで、ってわけないよね。

「フフフ……」

タキシード仮面は含み笑いであたしとシバくんを見下ろして、

「私の同志になればいいのだよ」

「ハァ？」

本気で言ってるこいつ？

「同志？　あたしたちにもあんたの後ろに控えてるゾンビになれっていうの？」

「違う。こいつらはみんなユーザーに放置されたアバターだ。君たちがアクティブユーザーなら、私のギルドに入ればいい。そして共に戦うのだ」

「戦うって、なにと……？」

正直あたしはタキシード仮面が誰と戦ってるのか、なんのために戦ってるのかなんてわからない。あの人はただこの空間を混乱させたいだけじゃないのか。混沌《こんとん》としたこの世界を更にかき混ぜて、壊そうとしているだけなんじゃないの？

タキシード仮面の目的を探るために懐に飛び込んでみるのもいいんじゃないかな、と割と真剣に考えたとき。

「やなこった！　てめぇの仲間になるくらいなら、体中に広告貼り付けて、アーケード中を練り歩いたほうがまだマシだぜ！」

シバくんは目一杯の喧嘩腰で言葉を叩きつけた。あーあ、シバくん。あたしの目論見を聞いてから言ってほしかったかな。

「ほーう……」

そのときタキシード仮面が見せた余裕の笑みにちょっと不気味さを感じて、あたしはシバくんの袖口を掴んでくいくいって引っ張った。

「ここはもう引いとこ」

小声で言ったのだけどシバくんは聞いてなかった。あたしをカバーするみたいにして両腕を広げて立ちはだかってる。

あたしはそんな彼の隣に一歩進んで、

「卑怯《ひきょう》だぞてめえ！　そんなチートみたいなことやってないで、正々堂々とゲームであたしと戦え！」

虚勢かもしれないけれど、シバくんの後ろに立ってか弱い女の子やってるのやだったから、ダメ元で叫んでみた。対戦だったらあたしたちにも勝ち目あると思うし、もしタキシード仮面が挑発に乗って対戦リクエストしてきたらあたしは一番得意な音ゲーを選べばいいし。最悪向こうがゲームを選ぶことになったって、あたしとシバくんなら負けないような気がする。

レシーバー　違うんだよこれ

シバくんがチャットを飛ばしてきた。

トランスミッター　違うってなにが

レシーバー　こいつガチのチーターだわ

トランスミッター　そんなことわかってるよ。違うってなんなのかを教えてよ

レシーバー　どうやったかわかんないんだけど、今この状態、もうゲームの中なんだ

トランスミッター　そんな、まだ対戦リクエストもしてないしされてないじゃん

レシーバー　だから、そこがわけわかんないんだって。リクエストなんて送っても受けてもいないのに、いつのまにかあいつの作ったゲームに俺たちが引きずり込まれてんだよ

トランスミッター　ウソ……いつの間にそんなことになってんの？

レシーバー　それがわかんないから、どうしていいのか

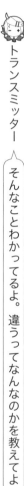

この間数秒。

言われてみれば、ユーザータウン内でアバターに対する直接攻撃はできないわけだから、バラが刺さって広告貼られるっていうのも、いやそもそもボムが爆発してアバターのパラメーターに変化が起こるっていうのも変だ。

そうなんだ。ボムは破片をまき散らすだけじゃなくて、ゲームに引きずり込んでるんだ。どんなルールなのかはわかんない。どうやって勝ち負けが決まるのかも、どうしたらここから逃げられるのかもわかんない。タキシード仮面が投げたバラに見えるアレをあたしたちに投げつけて体に広告を表示させるだけのゲーム？　なんなんだよそのクソゲー。

あたしたちとタキシード仮面は睨み合った。一触即発って感じだった。ジリジリとシバくんが前に出て行って、左腕を後ろに引いて、あたしの右手首を掴む。

ジェットスケートを使う気だ。

キャリアーはあたしたちより距離があるから逃げられるだろう。正面に立つタキシード仮面の次の攻撃、花吹雪なのかバラの棘《とげ》なのか茎なのかわかんないけど、とにかく攻撃が来るのと同時にあたしたちは空へ飛んで逃げる。タキシード仮面との距離を限界まで取れば、アウト・オブ・レンジになって逃れられるだろうとシバくんはそう考えてるんだと思う。

あたしも空ではぐれないようにシバくんの手首を掴み返した。

レシーバー
真上に行くぞ

シバくんがあたしの手首を握る手に少し力を込めた。

トランスミッター　うん

あたしもちょっとだけぎゅって握り返す。

レシーバー　キャリアーはその隙にできるだけ距離を取れ

キャリアー　わかったわ

レシーバー　この敵はあなどれない、立てなおそう

たぶん一瞬なんだと思う。

勝ち負けっていうか、タキシード仮面の動き出す一瞬を読み取って、仕掛けてきた攻撃を躱すことができたらそのまま一気に逃げるしかないっていう。

でもタキシード仮面のチートっぷりはほんとガチだった。マジなんなのお前運営？　ってくらい。

あいつは笑いながらこう言った。

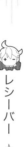

「真上に逃げて、そのあとはどうするつもりだ？」

ウソでしょー……。

なんでグループチャットの内容読まれてんの。テキトーに言ったのかな？

「ここでは私がルールなのでね」

言ってみてえそんな台詞。タキシード仮面は自信たっぷりだ。

あたしもシバくんも「えー……」って感じでぐったりきた。なにやってもダメなんだあいつにはっていう敵わない感と徒労感。

「あーハイハイいいですよどうぞーどうとでもしてくださいよもう」

投げやりに言ってその場にへたり込んだあたしの手を、シバくんは離さずに手に力を込めたままだった。

――諦めてないの？　あいつに勝つ気でいるのシバくん？

どんなゲームだって二人で協力すれば勝てる自信あったけど、今は二人とも同じゲームに引きずり込まれてるっぽいし、それだとあたしのことシバくんがコントロールできない。いやできるけど、コントロールしてるシバくんもダメージ食らっちゃう。

「リモコン」

とだけ、彼は言った。

あ、そうか、コントローラー使えばいいんだ。

シバくんはテレビのリモコンみたいなコントローラーを出した。彼のもあたしと同じコントローラーの一種で、でもアバターを動かすことはできなくて、そのかわりアバターの３Ｄモデルを離れたところに表示して好きに動かせるのだ。

シバくんがリモコンを後手に構えた。指でボタンを押しているのがわかる。そして、リモコンを目立たないように前へ向けた。

あたしは彼の手首をぎゅって。

次の瞬間、シバくんの３Ｄモデルが、タキシード仮面の視界を奪うように真正面から飛びかかった。すかさずタキシード仮面はバラを投げたけど、映像だからしゅっとすり抜ける。その隙にあたしたちはもう上空に飛んでた。見下ろしたとき、タキシード仮面は少し悔しそうな顔をしていた気がする。

「ありがとう、シバくん」

「え、なんだよ。俺は別に……」

「あたしのこと、助けてくれたでしょ」

「ちげーよ。別に助けてねーし」

額にエロリンクをピカピカ点滅させてシバくんは顔を赤くしてる。ガキだなあシバくんは。いつもだったら彼のほっぺを人差し指でつんつんするところだけど、今ジェットスケートで飛んでるし、顔に貼っついた広告クリックしちゃいそうだったからやめといた。つーかシバくん全体的にエロ広告だから目のやり場に困るわ。

てーか笑えないよねこの状況。あたしは頬に貼ってある広告見えないからまだ忘れちゃえばってとこあるけど、シバくんは手の先足の先まで広告だからイヤでも目に入ってくる。アバターなんて言っちゃえば自分でもなんでもないしダメージいくら食らったとこで自分が痛いわけでもないし、でもやっぱ痛むんだよ。自分の分身だもんね。

あたしたちはキャリアーの家に集まっていた。

「これってさ、チートだとしたら運営はどうしてんだろ。対応してくれないのかな」

シバくんがすごい不満そうに言った。

「運営なんか当てにしちゃダメだよ」

「ミッターだって、なんかトラブったら運営呼ぶじゃん」

「呼ぶだけならいいじゃん。どうせなにも変わんないんだよ」

運営は今までだってアバター同士のトラブルどころか詐欺とかだってまともに対応したことない。明らかなバグ以外でシステム上可能なことはとにかく対応外だっていう姿勢を崩さない。しかもほとんどのコールには人工知能のロイドがやってきて対話形式で話聞くだけ聞いて、「承りました」っていうだけで、なんの役にも立たない。

「そうねえ……」

キャリアーは珍しく浮かない顔しちゃって、打ちのめされた感すごい出てた。いつもはあんなにお高く止まって人を見下ろしてばっかいるのに。テロリスト相手になにもできなかったことが相当悔しかったみたい。

「あれもシステムとして想定されてたってことなんでしょうね……」

「えーテロがー？」

なんかキャリアーの物分かりがいいからあたしは積極的に突っかかってった。「システムでできることならなにやってもいいっていうのかー」

「たぶん、そういうことなのよ……。タキシード仮面がどんなアビリティーを持ってるのか知らないけど、システムの穴とかバグとかじゃなくて、あれ全部仕様なんだわ」

「ふん。仕様です、なんてどっかのサイトの苦しい言い訳くらいにしか認識してなかったね」

あたしはそんなキャリアー見たくなかったから、わざと挑発的な物言いをした。

「あのさー。奴のアビリティーが仕様ってことはさー。あたしたちにだってその能力が備わる可能性があるってことじゃないかー！」

「ミッターってほんっと前向きよね。羨ましいわ」

キャリアーが笑った。

「あたしはキャリアーの自信満々さ加減が羨ましいよ」

「ふふん。あたしの自信には根拠があるのよ。ミッターのハッタリとは違うの」

喋り方も少しだけお高く止まった感じが戻ってきた。

「まずは、タキシードの彼を特定することだね。あのネオンパターンに覚えがないか、聞いて回ろうよ」

シバくんが提案した。今日はなんだか彼が頼もしく見えるな。

「刑事ドラマの聞き込みみたいだね！」

あたしは盛り上がってた。

でも実際聞いてみたら全然。誰も彼のことを知らないの、結構聞いたのに。

あたしとシバくんとキャリアーは手分けして、知り合いとか会った人とかにタキシードの彼のことを知らないか聞いた。フレンドのフレンドのフレンドとかに「彼とフレンドの人いない？」とも聞いた。彼と会ったときのスクショを見せたりとかして。アバターの外見は参考にならないから、ネオンパターンを覚えてないかも聞き回ったんだけど、一晩費やして収穫なし。

よかったよ明日学校休みで……。

トランスミッター
そっちどう？

レシーバー
だめだねー(´A｀)

トランスミッター
キャリアーのほうは？

キャリアー
こっちもだめね。一応ランキングに詳しい人にも聞いたんだけど、上位100人くらいのアバターに、このネオンパターンはないって

トランスミッター　そっかーあたしはあいつ絶対ランカーそれもかなり上位と思ったんだけどなー

キャリアー　あたし今日は落ちるは

トランスミッター　了解おつかれ

レシーバー　またねー

キャリアー　ノシ

トランスミッター　あたしも落ちる

レシーバー　マジで？　まだいいじゃん

トランスミッター　眠いんだよ

レシーバー　えーまだ早いじゃん

トランスミッター 〈もう2時半だよ〉

休みの前の日は別に何時までだって、太陽昇るまでやったりもしてたけど、今日はなんだかすごい疲れて、さっきから眠気が波のように来てて、今かなりデカイ波来た。

トランスミッター 〈ごめんもう無理限界オヤスミ〉

レシーバー 〈そっかー残念だな〉

レシーバー 〈おやすもー〉

シバくんの誤字を見て少し笑ってから、ログアウトしてHMDを外した。すごい汗かいてた。髪がほっぺに貼り付いてる。お尻の下も湿ってて気持ち悪い。おしっこも行きたい。シャワりたい。お腹も空いた。インしてる間はまったく気にならないのに、現実に戻った途端にこれだよ。排泄《はいせつ》と生理はなくても支障ないなら今すぐこの世からなくなってほしい。食事とお風呂はあってもいいかな。

「はぁ……」

ため息だ。疲れてるんだあたし。

なんだかものすごい一生懸命になってるなー。学校のこととかでもこんなに本気になったことなんてないのに。でもね……、耐えられなかったんだよ。あたしの大事な場所を壊されることに。我慢ができなかった。

〈アーケード〉でいくら頑張ったって誰も評価なんてしてくれない。なにも得られないし、むしろ失うもののほうが大きい。

でも、リアルとバーチャル、なにが違うの？　学校の友達と、アバターの友達と、どっちがどっちより大切とか本物とか、ないよね。同じだよね。むしろアバター同士のほうが連帯感みたいなものってすごいあるし、でもお互いに中の人のことはなにも知らなくて、街ですれ違ったって、これはないと思うけどもしかして知り合いだったりとかしても、まったくわからない。でもいいよね、別に。そんな人たちと〈アーケード〉で繋がって、同じ目的に向かっていくのが、たまらなく楽しいし、大事にしたい時間なんだから。

誰にもわかってもらえなくてもいいんだ。

STAGE.2

ネット おかま・オフライン

午後のまどろみ。頭がふわふわする。目を閉じるとす――――っ、て闇に引きずり込まれるの。これ不可抗力なのね。抗《あらが》えないのね。

単に寝不足だったんだけど。連日のタキシード仮面探しで。

テロはあれからも時々忘れた頃に知らない場所で起きてたんだけど、駆けつけてもとっくに犯人いなくなって、待っててもこないだみたいにタキシード仮面が来ることはなかった。彼が何者なのかも、言っていたギルドがどこにあってどんな活動をしているのかもわからず。

授業は余裕で寝た。とくに給食食べてからの五時間目が超辛《つら》い。午前中に体育とかあって疲れてたりしたらもうダメ。無理。今日は前の晩に比較的早く寝れたので授業中に寝ることはなかったんだけど、五時間目と六時間目の間の休み時間は机で突っ伏してた。

そのとき、あたしの耳に入ってきたのは、実に興味を引く言葉だった。雑然とした教室の騒々しさの中、〝テロ〟とか〝アバター〟とか特定の単語にあたしの聴覚が反応した。

「……俺さあ、テロやってるギルドに入ったんだよねー」

「えーすげー入りてえー」

――なんですとっ!?

「なかなか入れないんだぜ。レベルとかアビリティー制限あるから結構難しいしよ」

この声は、よく休み時間とかに〈アーケード〉の話を声高にやってるバカ男子、仮に男子Aとしよう。彼の話の流れから察するに〈アーケード〉についての会話だろうと思われるんだけど、断片的だったので引き続き耳を澄ませてみた。

「まじかー俺もテロやってみてえなー」

「俺はギルマスとフレンド登録してるから情報入ってくんだよ。今日の夜もテロやるってよ」

……どうやら彼、男子Aはテロを行っているギルドに属していて、それを友人に自慢しているようだ。自慢されている友人のほうも、いつも男子Aと〈アーケード〉の話をしている、仮に男子Bとする。あたしはこの二人が大っ嫌いで、なんていうのか話の内容を周りにわざと聞かせてるっていうか、俺たちこんなにディープな世界知ってんぜ的アピールが激しくて、周りはかなり辟易《へきえき》してる。最近はみんな、二人をいないものとして扱うっていう技を覚えたから平気なんだけど、ただ今日のこの話ばかりは、あたしには聞き捨てならなかった。

むくり、と伏していた上体を起こし、顔だけを男子ＡＢのほうへ向けた。あたしの位置から右後方五列離れた席の前後に座り、二人は談笑している。

間違いなく〈アーケード〉の話をしているという確信を持った段階で、話を聞こう、ていうか尋問してやる、って思って二人の席までつかつかつかつかつかと歩み寄り、男子Aの傍に立った。

「あのさ、」

口をポカーンってした間抜け面であたしを見上げてる。

こいつらと話なんてほとんどしたことないし、さらにこの二人になんの用だよって感じで周囲のクラスメートが地味に注視してるのがわかる。

「なんだよ？」

――ドヤ顔で〈アーケード〉の話なんてしてんじゃねーよ！

……って言いたいところだけどここは抑えて今は少しでもテログループの情報がほしい。とくに首謀者、タキシードの彼の情報が。

「あのさ、話あんだけど」

あたしは若干不機嫌トーンで切り出した。

「話？　なんの？」

「帰り、ちょっといいかな？」

「今話せばいいじゃん」

「ここじゃ、ちょっと」

「えー、なんだよーもったいぶんなよー」

——もったいぶってねーよ！　いちいち腹立つなーコイツ！

「おいおいなんだよ告白なんじゃねーのー？」

近くにいた男子グループが囃《はや》し立て出した。

——んなわけねーだろてめー殺すぞ。

思いっきり睨みつけてやった。なんであたしがコイツにしかもこんな場所で唐突に告白なんかすんだよ常識で考えろよ！　てか男子Aにやにやしてんじゃねーよ！　そういう誤解を与えないよーに最初からせいいっぱい不機嫌そうな顔で話し掛けてんじゃねーかよ！　……って、あああー言いたい。怒鳴りつけたい。アーケードのキャラそのまんま、あたしの地でいきたい！

「ごめん、あとでね」

チャイム鳴っちゃって、よかったのか悪かったのかチャイムと同時に先生来ちゃって話はぶったぎられて、自動的に放課後に持ち越しになった。六時間目の授業は全然頭に入ってこなかった。タキシードのアバターにつながる情報が手に入るかも、ってシバくんに速攻メールしたかったけどこないだ取り上げられたのもあるしさすがに無理。男子Aはちらちらこっち見てるし、近くにいた男子グループはヒソヒソしてるし、女子に波及する前にくだらない誤解は解いておかないと。あーめんどい。

放課後になって男子A連れて、どっか場所ないかなと思って考えて考えて結局グランドのどっか端のほうでいいやってなった。

「ちょっと男子Aくんに聞きたいことあるから」

って言ってんのに男子Bもひっついて来そうになって、

「関係ないからどっか行ってて」

そう言って追っ払った。じゃ話終わるまでそこで待ってろよーとか男子Aが言ってるけど偉そうだなずいぶん。

帰りの生徒が流れる正門方向とは逆方向になるべく二人で歩いてるのがわからないように超絶早歩きした。部活始まる前に体育倉庫の近辺で話つけようと思ってそっち方向歩いて、適度に人の目がなくなった辺りで振り向いた。

男子Aはなんか緊張してるみたいで顔がこわばってて、うわーこれ絶対告白方面に誤解されてんなーと思ったから単刀直入にいった。

「アーケードでテロやってるってほんと？」

「は？」

男子Aぽかんとしてた。

「なに？」

——なにじゃねーよ、さっき得意になって話してただろ！

……とは言わず、なるべく抑えて優しく優しく、

「アーケード。テロ。休み時間に話してたでしょ。ギルマス知ってるって。今夜テロやるって」

「あー。言ったっけ？」

——こいつ……。

「てか、え？　お前アーケードとかやってんの？」

「いや、まあ、やってるけど、テロの話をさ……」

「え、サーバーどこ？」

——質問に答えろよー……。

「レベルは？　コードキースロットいくつ埋めた？　アビリティーなに持ってる？　使える？」

あたしの質問無視して男子Aは勝手に話ガンガン進めて主導権持ってって、ねえテロは？

テロの話は？

「あの、テロが……ギルドが……」

なんだかあたしも話のコアが見えなくなってって、男子Aの勢いに押され気味。

「あー、あれ、一応ギルメン以外には話せないことになっててさー」

ここでなー。「お願いっ（はぁと）」とかなーやればなー。ここに来る過程で完全にイライラモード入ってたから急に切り替えらんないよ……。

「お願いっ（棒）」

頑張ってみたよあたし。

「いやー、まいったなー。だめなんだよなー。あ、ギルド入ればいいんじゃね？　俺紹介してやるよ。俺幹部だからさ。レベル制限とかマジ全然大丈夫だから」

「ま、まじですか……」

「メンバーまだ六人だけどー、メインはFPSでチーム戦やってんだ。デュエルでコードキー交換とかしようよ？」

「あれ？　ギルマスがテロるって話は……？」

「いやいやうちのギルドは平和主義だから。対戦は仲の良いギルドとするから怖くないし、レベル上げとかアビリティー調整とか教えてあげるからさー」

——話が見えねえぞ……？

「平和主義なのにテロやるの……？」

「やんないやんない、テロ最近多いよなー気をつけないとなー」

——ハァ？

「だってテロやるんでしょギルドがギルマスが」

「テロやりたい？　やりたいならやってもいいぜ。ランキングトップの奴何人も知り合いだからさー」

なんでそこでランカーが出てくるんだよもう。こいつぜってー嘘ばっかりだ。

ちょっと乗ってやる。

「すごーい、ランカー誰知ってるの？」

「えー、いっぱいいるよー。ランキング上位はだいたい友達」

(´A｀)……。

「……ねえ、ランキング7位のトランスミッターって知ってる？」

「トランス……？　ああー、知ってる知ってる。結構話すよ。対戦もしたことあるぜ。あーでも最近は会ってないかなー」

そ、そうですか……(´A｀)

でも、絶対ないと思うけどこいつがすごい身近にいたりする可能性ゼロではないんだよね……。

「アバター名は？」

「俺？　キリト」

(´A｀)……。

「ＩＤ交換しねえ？」

「あーいいです。ごめんなさい。もういいですありがとう」

ぺこり、と頭下げたら翻《ひるがえ》って逃げるように歩き出したよあたし。

「待ってよ、一緒に帰んね？」

男子Aが追ってくる。お前男子B待たせてたろーよ！

「急ぐからごめん、塾あるし」ないけど。

「じゃあさ、アバター名だけでも教えてよ」

とか言って、うわー肩掴んできた。マジやめてくれよほんとにさー。

「アスナだよ」

「えー！ マジでー！ 俺キリトなんだよー！ 偶然だなー！」

「うるっせーな！ 何度も言わなくていいよ！ キリトなんてキャラ、アーケードには何百人もいるだろーよ！ 絡んだことねーし！」

ブチ切れて逃げた。

あー時間無駄にした。

なんかわかんないけどちょっと涙出た。あたしもダメージすごいけど、実際彼にも悪いことしちゃったな。ごめん、リアルでもアーケードでもこの先絶対絡まないから許して。

学校のフェンス沿いの道を歩いてたら後ろからトントンって肩叩かれた。

ああ……。まだなんかあんのかよ、と思って。まだ来るか、と。男子A。たった今謝ったじゃない心の中でだけど。あたしが悪かったよだからもうほっといて！

「あ？」

思いっきりイラついた感じで振り返って、睨みつけた。自分でもちょっとガラ悪かったかなと思ったけどもうそんなことといいや。声掛けてきた男子は固まってた。ちょっと引かせちゃったかもね。明らかにキャラ違うし、そもそも相手は男子Aじゃなかった。

一緒に塾行ってる関口くんだった。ありがとういつも奢ってくれて、でもごめん関口くん、君にはなんの落ち度もないし恨みもないけどあたし今めっちゃイラついてるから触んないほうがいいよ――という気持ちを込めて、

「なにか用？」

って言ったんだけど伝わったかな？

「あのさ。……あの、えーと」

「なによ。ハッキリ言ってよ。あたしもう帰るんだから」

そしてできればこのままあたしになにか言うのを諦めてほしいかな。

「アーケード、やってるの？」

「はぁん？」

お前もか。お前もか関口。〈アーケード〉やってるってことバラされたくなかったら言うこと聞けとでも言うのか。つーか別にいいよもうバラされたって、男子Aがバラすだろどうせ。あたしなんかひきこもりのゲームっ子ってことでいいよもーう！

「……やってたら、どうだっていうの？」

「ごめん、話してるの、耳に入っちゃって」

「盗み聞き？」

「違う。……違わない。ごご、ごめん。でも、あの、教室で話してるときからたぶんそうだろうなって。会話が、アーケードやってる側からすると、まるわかりだったから」

「まあ、そうだよね。……じゃあ、関口くんもやってるの？」

「うん」

「フーン。そっか。じゃああたしたち、クラスも塾も、ゲームも一緒なんだね」

「うん！」

あたし嫌味で言ったんだけどなー。そんな真っ直ぐにうんとか返事すんなよ……。

「で、なんなの。アーケードやってんならわかるでしょ。早く帰りたいの」

「お、俺さ、あのっ、そのっ、テロのね、テロの主犯っていうか、俺、知ってるんだよ」

「……どゆこと？」

「俺、そのテロの主犯の、ギルドのメンバーなんだ。ギルマスとフレンド登録もしてる」

「……」

「……」

「はぁぁ――――ん？」

あたし思わず関口くんの襟首両手で掴んじゃったよね。ブレザーの襟くしゃくしゃにしちゃってごめん、でも余裕ないの今。襟首グイグイ押して、学校のフェンス際まで追い詰めて、びつくりしてる関口くんの足が浮くんじゃないかってくらい力込めてた。実際は関口くんのほうが20センチくらい背が高いから、あたしが彼の襟にぶら下がってるみたいに見えてると思う。

「関口くんまであたしのこと騙す気じゃないよね？」

「だ、騙さないよ。ほんとなんだよ……」

「……」

あたしは手を離して、

「ごめんね……」

帰り道、関口くんから話を聞いた。

彼の話だと、タキシードのアバターはあたしの家があるユーザータウンとは別のサーバーの、ずーっと街の外れのほうに行ったとこにある鉱山の麓に、要塞みたいな家を建てて住んでいる。その鉱山の周りには小さなユーザータウンがあって、そこがギルドの拠点になってるとか。〈アーケード〉の世界はサーバー単位でフィールドが分かれてる。グリッドに区切られたフィールドは、さらにまたいくつかのエリアに分かれてる。だいたいフィールドの中央にメインの街がどかっと居座って、その周りにいっぱい色んな種類のユーザータウンが散らばってる感じ。

「じゃあ、ギルメンってことはテロにも加担してたってこと？」

「ううん、俺はデュエルばっかだったし、こ、ここんとこずっとインしてなくて……」

なんか挙動不審なんだけど大丈夫か関口くん。

「それで、そのタキシードのアバターの名前は？」

「アダプター」

「アダプター。ランカー？」

「わかんない。たぶん、違うと思う……」

確かにランカーの名前にアダプターっていうのは見たことない。

でもこれで名前と居場所がわかった。

「関口くんが連れてってくれんのよね？　アダプターのギルドまで。あたしを」

サーバー一個分のフィールドって相当広いから、行き方知ってる人が案内してくれるとすっごい助かる。

「え……うん。いいよ。案内する」

「ツレも一緒にいい？」

「うん、もちろん」

「わかった。じゃあ、あとで、アーケードでね」

あたしは関口くんとスマホで〈アーケード〉のＩＤ交換した。フレンド登録もした。関口くんがあたしのアバター名聞いたことあるか知りたかったけどやめた。ランキングって気にしない人は全然気にしないから。関口くんもアダプターがランカーかそうでないかよく知らないくらいだし、そういうのあんま興味なさそう。まったりプレイなのかな。

「関口くんのアバターの名前、モジュレーターっていうんだ。じゃあモジュくんだね」

「う、うん……あ、ツレの人にはリアルのことは内緒にしといて」

「うん。あたしもモジュくんと実は同じクラスです！　って周りに言いにくいよ」

関口くんとは家の方向が違うので途中で別れて、一時間後に〈アーケード〉のあたしの家の前で待ち合わせすることになった。

まだ本当かどうかわかんないけど、なんでか関口くんが言うなら大丈夫、って気がした。

でもまさか〈アーケード〉のことがあたしのリアルで進展するなんて。わかんないもんだな。

こうやってお互い知らない間に〈アーケード〉内でリアルの顔見知りと遭遇したりするケースって、あるんだろうな。


あたしがインしたとき、〈アーケード〉のあたしの家の前にはシバくんとキャリアーが既にいた。帰り道で二人にＤＭして、モジュレーターのことは伝えてある。タキシードのアバターの名前がアダプターということも、そのギルドの場所がわかったことも。その話をして少しはキャリアーもあたしに敬意を払うかと思ったら、

「あんたが連れてくる奴の話なんて信用できんのかしら」

だって。このいいぐさ。腹立つわ。

「どんな奴なの？」

シバくんはちょっと怪しんでるみたいだった。

「んー、なんか、いい人なんだよ。すごい」

「いつからの知り合い？」

「う――――ん。いつっていうか、まあ、知り合ったのは最近っていうか……あ、でも前から何度か会ったことはあるかな」

「ミッターって会ったアバター覚えないじゃん？　俺と二人でいたとき会ったアバターのことかもあんまり覚えてないじゃん」

「いや、あー、挨拶はした感じ。よく会うから。ユーザータウンの、道端とかで」

「ふ――――ん」

シバくんはあからさまにジト目をあたしに向けてる。キャリアーのほうもさっきより心なしか疑いを強くしてるみたい。

「そんな目で見ないでよ二人とも」

「だってなんかさ――、そうやって急に近づいてくる奴って、怪しいよ。しかもギルメンでしょ？　罠《わな》かもしんないし、警戒したほうがよくね？」

もっともな話だけど、この場合あたしリアルで相手のこと知ってるわけじゃん。だけどモジユくんのことはリアル知り合いでクラスも塾も一緒ですってなー。言えないし。

「じゃあ、会って判断してよ。あたしは彼のことを信じるからさ」

「ミッターさ、俺がどうしてもそいつのこと信じられなかったら、どっちの味方するの？」

「え……味方とか、そういうんじゃ……」

「俺は、敵の罠の可能性が十分あると思う。ミッターは、俺の味方してくれるよね？」

え、どうなのそれって……。

あたし関口くん＝モジュレーターのことはリアルで知ってるから別に警戒する必要なんてないのわかってる。

もしそれにシバくんが対立したとき、シバくんの側につけるのかな？　シバくんとはこの世界では長い付き合いだけどリアルは全然知らない。関口くんのことはそんなに話とかしたわけじゃないのにリアル知り合いっていうだけであたし、結構簡単に信用しちゃってるな。

あ――、リアルに引きずられてるんだ……。

そのときだよ。

「トランスミッターちゃん、おまたせ！」

モジュレーターがあたしたちの前に降臨したんだよ。ロケット背負って、弾丸っていうかミサイルみたいに飛んできて、ドン！　って地響きさせてあたしたちの前に着地したの。

「は？」

あたし思いっきり口ポカーンってしてた。「誰？」って思った最初。なんかあたしを呼んだときの声が高かったからあれあたしモジュくんの他に誰か待ってましたっけ――？　って感じでそのアバターを見たんだけど。お待たせって言ってたくらいだから絶対コイツがモジュレーターだし、ステータスチェック入れてもアバター名にモジュレーターって表示されたから間違いないわけ。でも見た目があたしの想像と全然違くて、女なんだアバターが。どう見ても。

「わたしモジュレーターっていいます。トランスミッターちゃんのお友達です。よろしくね」

関口よ。てめえネカマだったのかよ……。

モジュレーターはピンク色の長い髪を手でふわって後ろにやって、ちょっとモデル立ち入ってね？　ってくらいすらっとして。着てる服もタイト目で大人っぽくてスタイルが良くわかって、で、巨乳。揺れてたもん、着地のとき。男が中の人の女アバターは乳でかいっていうあたし理論実証されてんじゃね？　っていう。

「俺普通に男アバターだと思ってたんだけど。だってミッター、モジュくんとか言ってなかった？」

シバくんの疑いの眼差しが今はあたしのほうに向けられてる。

「言ってませんね」

シラ切った。

「え、言ってたよね？」

「言ってないですね」

「まあいいか……てか、モジュレーターさん、綺麗っすね……」

シバくんそう言ってにへらーって。そいつ中身男だから！　つーかお前さっきまでの警戒感どこやったんだよ！

「うふふ、ありがとうレシーバーくん」

「あ、シバくんでいいっすよ、えへへ」

照れてやがる。男って相手が３Ｄグラフィックでも中身男でも関係ないのな……って思ってたらキャリアーもちょっとそわそわしてるんですけどなにそれ。

「あの、あたし、キャリアーです。よろしく……」

「よろしく。キャリアーちゃん、ツインテールかわいい……」

「あ、ありがとう……／／／」

おいキャリアーまであたしに対する態度と真逆なんだけどどーゆーことなんだよ。しかもちょっとキャリアー顔赤くしてんだけど百合なの？　ゆる百合なの？

どんどんやさぐれていくあたし。やさぐれついでにモジュレーターにDM送ったった。

トランスミッター
キャラ全然違うじゃんかよーどーなってんだよー

モジュレーター
ごめんここではおねいさんキャラなんだ

トランスミッター
びっくりしたわー言っといてよそういうのあらかじめ

モジュレーター
ごめんねさっきは面と向かって言いにくかったんだ

トランスミッター
まあいいけどとりあえずリアルのことは内緒ね、お互いにね

モジュレーター
わかった

関口くん操るモジュレーターは佇《たたず》まいも振る舞いもなんかお姉さんぽくて、シバくんはデレてるし意外なことにキャリアーが彼女の前ではしおらしくしてる。あたしにはあんなに態度でかいのに。綺麗なお姉さんに弱いのかな？　ずっとキャリアーのそばにぴたっと貼り付いててくんないかなモジュレーター。

「みんなはトランスミッターちゃんのことはミッターちゃん、て呼んでるのね。わたしもミッターちゃんって呼ばせてもらっていいかしら？」

「いいよー。ミッターちゃんって呼んでねー」

なんだろうこの下手な芝居感。げんなりだよ。

モジュレーターみんなにすぐ馴染《なじ》んだけど、あたしは逆に話しにくくて、シバくんとキャリアーがモジュレーターといろいろ話したりするのを、暫《しばら》くのあいだ黙って聞いてた。

「あのー、ちょっと聞きにくい質問なんだけど……」

モジュレーターが遠慮がちに聞いた。

「なんでも聞いて」

シバくんが答えた。

「どうして二人には、広告が付いてるの？」

「あー、これね。テロでやられたんだ」

シバくんはあたしと顔を見合わせて、曖昧な笑顔を作った。お互いに、てかキャリアーも含めてもうこの広告にはすっかり慣れてしまっていたから全然気にしてなかったけど、そうだよ

ね、初めて見たらなんだそれってなるよね。最初の頃はシバくんのがいちいち気になってしかもエロ広告だし、

「そんなに気になるならクリックしてみればいいじゃん」

とかシバくん言うけどさ、クリックしたら負けな気がするよ。それにどうせ無料とか言ってて金取るんだよ、ネットなんてみんなどうにかしてあたしたちから金巻き上げようとしてるんだからー。

「ミッターもシバくんも、これを元に戻すために、アダプターに会いに行かなきゃいけないの」

キャリアーは言った。

「そうだったの。ごめんなさい……」

「そんな、モジュレーターが謝ることないじゃない」

「でも、わたし今でもギルドに所属してるんだし、ギルドのためにポイントも寄付したりしてたから、間接的にテロに加担してるようなものなの……」

気まずい沈黙。

「あの、そろそろ、アダプターのギルドのことを教えてくれる？」

これはあたしが聞いた。だってあたしが聞かないとずっと黙ってそうだったから。

「アダプターのギルドは――」

当初は普通の対人戦のためのチームだったらしい。複数対複数のＲＴＳ《リアルタイムストラテジー》で勝ち続け、そのクラスタでは割と有名だそうだ。あたしはＲＴＳは一度もやったことない。下手するとレト

ロゲーより馴染み薄いかも。

モジュレーターはそれに参加してて「結構強かったのよわたし」って言った。アダプターがテロに走りだしたのは、ここ二カ月くらいのことらしい。それまではいろんなスクリプト書いてアイテムを作って、ギルメン同士で実験してたみたいなんだけど、最近急に破壊活動、迷惑行為に走りだした、と。テロに反対するギルメンは去り、テロを肯定するギルメンだけが残った。アダプターはテロを実行するときは名前を含むステータスを偽装するので、テロのことを知らないメンバーもいるという。そして今でもギルドは普通に活動中だ。

「アダプターって、それだけカリスマってことなのかな？」

シバくんが聞いた。

「そうね——」

モジュレーターは少し考えてから、「やっぱりテロ集団を率いているくらいだから、カリスマがあるってことになるのかな……」

彼女はとても寂しそうな表情をしていた。関口くんの表情を読み取ってこの顔だとすると、彼はアダプターに対してなにか思うところがあるのかもしれない。

翌日の夜にみんなでアダプターのギルドへ行ってみようということになった。シバくんもキャリアーも、モジュレーターのことを信用してくれたみたい。

あたしは終始やりにくくて仕方なかった。

せめてモジュレーターが男アバターだったらそうでもないんだろうけど、どうも男友達の女装趣味を知ってしまったような変な感覚が拭えなくて。あたし別にネカマを悪く言うつもりもないし嫌いなわけじゃない。でもなんていうのかな、どうにもならない違和感というか気恥ずかしさをずーっとお尻の下に敷いてるみたい。

それが〈アーケード〉にいるうちはまだよかった。ホームだし、あたしのエリアにモジュレーターが入ってきたって感覚だったから。自分ではまったく意識してるつもりなかったのに次の日、学校でモジュレーターこと関口くんに顔合わせづらいったらもう。

朝の昇降口でばったり会ってしまっておはようも出てこなくて、

「あっ」

とかなって体硬直してた。なんていうか緊張しちゃって、あたしの頭の中では関口くん≒モジュレーターだから、彼の姿に彼女の映像がどうしてもダブって見えてしまう。しかも教室で彼のトークまでがモジュレーターの声に聞こえてきてほんと困った。〈アーケード〉では肉声がアバターの声に変換されてるわけだけど、喋り方の特徴やクセなんかは割とそのまんまだから、関口くんの話し声が聴こえるたびにあたしの耳の中でモジュレーターの声に勝手に変換されちゃう現象これなんていうの？　学校っていうもう一つの現実に針でプスッて刺した穴から〈アーケード〉が流れこんでくる感じ。体がふわふわして物は二重に見えるし頭痛くなってくるし耳鳴りもするし、四時間目の英語の授業で関口くんが指されて、教科書読んだときがピークだった。

そんなんであたしは午前中、関口くんのことずっと意識しちゃっててヤバかった。彼が視界に入るたびにモジュレーターの巨乳が揺れるし、喋るたびに彼女の声がダブるしで「おうっ」ってなってもうほんとどうにかしてくれ。

四時間目終わってもうすごいぐったりして、机の上に顎のせてぐでっとしてるすぐ隣を関口くんが素知らぬ風ですたすた歩いてあたしのほうなんて見もしないの。どうしたの？　とか気遣ってくれても良くない？　気遣われたらそれはそれで「お前のせいだよ！」ってブチ切れそうだけど。……わかってる。この教室でそんな話できるわけないいし、それより今まで関口くんとなんて用事以外で話したこともなかった。だいたい塾終わりでマック寄ったって一言も会話無いくらいなのに。

ぐったりしてたら女子の友達が「どうしたー」って声掛けてくれた。

「なんか頭痛い」

「保健室一緒に行ってあげよっか」

五時間目と六時間目の美術は保健室で寝てた。先生に家帰る？　って聞かれたけど帰ったら帰ったで面倒だし塾もあったから寝かせてもらった。

六時間目が終わったくらいを見計らって教室戻った。

今日は塾だから、いつものグループの子から一緒にどっか寄ってこってなるんだけど、あれ今日は言われない。塾まで中途半端に時間あくからすぐに帰ることないけど、誘われないうちに帰っちゃお。

……と思ったら、グループの子たちが廊下にいて、普通に見つかっちゃった。みんな教室の出入口のところでたむろってこっち見てる。

どうしよ。今日は断っちゃおうかな。

「ごめん、今日は塾の前に用事あって――」

あれ？　なんか様子違う。

みんなあたしのこと見て笑ってるけど、笑顔がなんか違う。笑いがなんかｐｇｒな感じ。

え……なに？　あたしなんかやった？

「男子Ａに告ったんだってねー？」

女子Ａが言った。彼女はグループのリーダー的な子。

「え？　なんで？　誰がそんなこと言ってんの？」

「は？　みんな言ってっけどｗ」

「あたしが男子Ａに告るとかありえないんだけど」

やっぱ昨日の件が全然明後日のほうに転がってた。誤解されないようにやったつもりなのに。

「趣味も合うしお似合いなんじゃね？」

今のは女子Ｂ。女子Ａの取り巻き。〈アーケード〉のことを言ってるのだとしたら男子Ａが喋ったに違いない。あのやろう。

「趣味って？」

あくまであたしは知らないふりするしかないじゃない。

「〈アーケード〉にドハマりしてんだってねー」

やっぱり喋ったんだな。

「ねー意外ｗ」

女子Ｃが女子Ａの後ろから相槌を打った。

「そんなんだと思わなかったわー案外ディープなんだねーｗ」

「今まで家の用事とか言って帰ってたの、〈アーケード〉のことだったんだね」

「いーんじゃん？　あたしらといるより〈アーケード〉のほうが楽しいんだろうし。早く帰れば。男子Ａとデートなんでしょサイバー空間で」

ギャハハって大受けしてた。笑いながらあたしに蔑んだ感じの視線を残して、ぞろぞろみんな帰ってってった。

ああ……。

めんどくさいなあ……。

すぐにも帰りたかったけどまだ女子Ａたちがウロウロしてるかと思うと教室をすぐには出られなかった。しばらく窓から外を見て過ごした。

空が綺麗だ。今日は雲のエフェクトが少ないな。

校門に向かって女子Ａたちが歩いて行くのを確認してから昇降口に下りた。ローファーに履き替えて、彼女たちに追いつかないようにダラダラ歩いた。校庭にたむろってる知らない生徒たちがＭｏｂに見える。君たちの顔には広告なんてついてないけど、話していることは広告のようだよ。

そのＭｏｂの向こうに、背の高い男の子が見えた。

関口くんだ。

うわーどうしよ。この位置から彼の視界に入らずに学校を出るのは不可能だよなー、かといって今から引き返すわけにもいかないし立ち止まれないからそろそろ向こうもあたしのこと認識するだろうし、なんか忘れ物したふりして引き返そうかな……てか普通にできないのかなあたし。だいたいなんでそこ一人で佇んでんだよ関口くん。

あたしは早足で通り抜けようとして、転《こ》けそうになったり手と足一緒に前に出したりとかガタガタだった。関口くんのほうをちらっと見ちゃって目が合ったんだけど、あたしは歩くスピード緩めずに行った。

なんでいんのかな？　もしかしてあたしのこと待ってたのかな？

関口くんが追いかけて来るから、あたしは結構必死で競歩みたいに大股歩きしてるのに彼は余裕で追いついた。くやしいからペース上げても全然、彼はあたしの隣に並んで同じスピードで歩く。

ちょっと足が疲れてきたからペース落とした。

関口くんもそれに合わせてペース落とす。

ここまで会話ゼロ。ちょっときもいよ関口くん。てか塾同じで、塾の帰りにたまに奢ってもらったりとかしてて、〈アーケード〉でも一緒で、それで普段会話が無いのも一緒に帰らないのも不自然っちゃ不自然だけど。

「まだ塾まで時間あるから、マック行かない？」

関口くんの提案。

「別に、いいけど」

塾の近くのいつも行くマックで、いつもみたいに席に座って、あたしはストロベリーシェイク、関口くんはコーラ。奢ってくれるって関口くんは言ってくれたけど、いいって言った。

「どうしたの？」

「え？　なにが？」

「ため息ついてたから」

「あ……」

気づかなかった。無意識にやっちゃうんだなため息。

「いろいろあるんだよ女子には」

「〈アーケード〉のこと、誰かになにか言われた？」

なにを知ってるんだ関口くん。てか五、六時間目の美術のときになんかあったんだろうな。

昼までは女子Aたちもなにも言ってこなかったわけだし、あたしのいない間にたぶん男子Aがなにか言ったんだ。

「美術のとき先生が途中いなくて、そのときに男子Aが〈アーケード〉の話大声でしてて、話の中に君の名前が出てきて、それに女子Aたちが食いついたっていうか」

「はあ……」

またため息出た。「男子A、なんて？」

「うん……なんか、なんていうか……」

関口くん言いにくそうに言葉選んでる。「なんか、〈アーケード〉入り浸ってるって」

それは間違ってないからな。

「それだけ？　なんかあたし、男子Aに告ったことになってるみたいなんだけど」

「うん……だから、それは違うよって言ったんだ。そんなんじゃないよって」

あーそれか。関口くんが庇ってくれたからだ。少し前に女子Cが関口くんのこといいって言ってたからなー。同じ塾だって言ったらすごいうらやましがられたしなー。代わりに行ってよなんて、じゃ行くーなんて。あーあ。あのときは冗談言い合ってたのに。やっぱりキツイな。

あんなふうに急に態度変えられると。

「大丈夫？」

「うん、大丈夫」

関口くんが心配そうに言った。

「ほんとに？」

「大丈夫。関口くんは気をつけて。〈アーケード〉やってるなんて言わないように」

「もう言っちゃったよ」

「は？」

「その、美術の時間に。俺もやってるしって」

「あー。それもだ」

「なに？」

「あ、別に。違くて。あー……」

顔上げらんなかった。

「あの、俺さ……」

「え？」

「いろいろと助けられると思うんだ。リアルでも、〈アーケード〉でも」

「うん。でもリアルは別にいい。〈アーケード〉で助けてくれれば」

「うん……」

本当はリアルでもお姉さんに頼っちゃいそうだよ。……とは言えないけど。

リアルの人間関係が〈アーケード〉に影響出るなんてあまりにもかっこ悪い。と思ってた。同じように〈アーケード〉のこともリアルに持ち込みたくないと思ってたのに、今こんなだ。ごっちゃになってる。あたしが今話しているのはモジュレーターとしての関口くんなのか、関口くんとしてのモジュレーターなのかそれとも関口くんとしての関口くんなのかモジュレーターとしてのモジュレーターなのか……あたしなに考えてんだ。リアルの世界とネットの世界の境界線なんてはっきりしてて、車道がセンターラインで分かれてる程度には明確なものだし、曖昧になるなんて思いもよらなかったのに、今、こうしてすごく曖昧だ。

「あたし、もうちょっと上手く現実ともバーチャルとも折り合いつけられてると思ってたんだけどな……」

　柄にもなく呟いてもみたりする。関口くんになら、そんな風に言っても伝わるような、わかってくれるような気がしたから。


　その晩〈アーケード〉にインして、みんなであたしの家に集まった。もちろんアダプターのギルドハウスに行くためだ。

　まずは持ち物確認とかして、なんだか遠足みたい。

「ジェットスケート持ったー？」

　モジュレーターは引率の先生。

「「は――――――い」」

「おやつ持ったー？」

「「は――――――い」」

　あたしもキャリアーもいっぱいクッキー持ってきた。

　シバくんだけは、

「俺はいいよー」

　とか言ってあんまり乗ってこない。照れてるのかな？　と思ったんだけどなんか違う感じ。

「どうしたの？」

「別に、なにも。なんか、恥ずかしいじゃんこういうの」

そうは言ってるけど、いつものシバくんの雰囲気とちょっと違う。

実はあたしも、微妙な違和感をずっと引きずってた。たぶんモジュレーターのせいなんだ。彼女が本当は関口くんなの知ってるから、今日学校で現実に穴が開いてるような感じがしたみたいに、この〈アーケード〉の世界にも小さいヒビが入ってて、そこからちょろちょろと現実が漏れてきてる感覚。なんだろう、慣れればどうってことないのかな。だから、もしかしてあたしも無理してはしゃいでたのかも。シバくんそういうの勘がきくから察知されてたのかもしれない。

みんなで今日の予定を確認しつつ、サーバー移動用のテレポーターまで歩いた。予定っていってもテレポーターでアダプターのギルドのあるサーバーに飛んで、そこからギルドハウスに行くってだけなんだけどね。

サーバー移動用テレポーターはサーバーエリアの真ん中にあって、誰でも自由に使える。天気のいい、フォグエフェクトの少ない日にはあたしの家からでもはっきりと見えた。それくらい高い位置にテレポーターの建物は浮かんでいる。

地上からはサーバー内移動用のテレポーターで上がる。テレポーターに行くためにテレポーターに乗ってっていう。

上に行くためのテレポーターは人一人乗れるくらいの小さいタイルだった。ずらっと一直線に並んだテレポーターボックスに次々と人が入っては消えていくのが見える。

「あたしたちも行こっか!」

四人横並びでボックスに、「せーの！」で飛び込んで、次の瞬間にはもう上のサーバーテレポーターの建物にいた。

巨大な円形のテレポーターを、通路が囲んでいる。下から続々とテレポートしてくるアバターで、通路は混雑気味。でもどんどんテレポートして消えていくから同じぐらいのアバター密度が続く。

通路から三段ほどの階段を降りてテレポーターに立つと、右手の傍にスクリーンが出現した。そこに表示された行き先サーバー名をタップすればテレポートが始まるのだ。

「行き先はミュール・サーバーでいいのね？」

いまいち不安だったあたしは、もう一回聞いた。今まで一度も行ったことのないサーバーだった。

「そう。そこに、アダプターはいるわ」

モジュレーターが答えた。

「アダプター、いるの？」

それを知っているのはモジュレーターだけだ。アダプターとフレンド登録をしているモジュレーターだけが、彼が今どこにいるのかを知ることができる。アダプターが今ギルドハウスにいなかったとしても今日は現地までは行ってみようって話になっていたから予定は変わらない。でもアダプターがいるかいないかで、覚悟が違ってくる。

「アダプターは、今——」

あたしたちの間に緊張が走った。

「インしてるわ」

あたしはミュール・サーバーをタップした。テレポートが始まるまで（実際はサーバーのデータをあたしのPCが読み込むまで）の間、行き先の特徴みたいな説明が表示される。ミュール・サーバーは鉱山が多くて、それを採掘するマイナーが集まってユーザータウンを作っているとか。長々とエリアのことが書いてあるけど、全部読み終わる前に視界がオレンジ色の光でいっぱいになって、それが消えたらテレポートは終わってた。

ミュール・サーバーのテレポーターもまたエリアの真ん中らへんの高所にあって、そこから四方が見渡せる。

「サーバーテレポーターが高いところにあるのは、テレポーターだけが空中に設置できるからだって聞いたけどほんとかな」

あたしは別に誰ともなしに聞いた。

「本当よ。テレポーターは絶対座標で設置するから空中に浮かべられるのよ」

キャリアーが得意になって解説した。モジュレーターの前だからっていいとこ見せようとしてるな。

あたしたちはモジュレーターの先導でギルドハウスへと向かう。街を越えて、山はジェットスケートでさっさと飛ばして、やがてギルドハウスのあるユーザータウンが近づいてきた。ユーザーが作ったと思われるスカイツリーが見えてきて、おおーってなってたら、それどころじゃなかった。

「あれが……あれ？」

あたしたちの目に入ってきたのは、スカイツリーをはるかに凌ぐ高さの、巨大な塔だった。

「すげ————————！」

あたしたちはその塔を見て叫んだよ。だって見たことないからね、こんな高い建造物。さっきサーバーテレポーターの建物が高いところに浮いてるっていうので感心してたばかりなのに、塔はさらに高い。てっぺんなんか雲に覆われてて全然見えない。あの話思い出した。人間が天に昇ろうとしてドンドン建物高くして、高くしすぎて神様に怒られたってやつ。

「あの頂上に、アダプターがいるのかな？」

あたしはモジュレーターに聞いた。彼女もまた驚いた様子で塔を見上げてる。あれ？　知ってて来たんじゃないの？

「モジュレーター、もしかして、初めて見るの……？」

「わたしが最後にここに来たときには、あの塔はなかった……」

彼女は茫然《ぼうぜん》としたままだ。前はどんな感じだったのかはわからないけど、少なくともこんなにすごいのはなかったんだろうなっていうのが十分伝わるほど、口開けてたし目もまんまる。

「最後に来たのっていつ？」

「一カ月前くらい」

「えーじゃ一カ月でこれ建てたってこと？　すごいな！」

あたしは敵の建物なのも忘れて感心しまくってた。

「どうせチートだろ、あれも」

シバくんは塔を睨みつけてる。

「だとしたって関係ないわ。チーターだろうがオレ強えだろうが無敵モードだろうが、誰だろうが相手してやるってのよ」

キャリアー今日は勢いあるな。いつももうちょっと斜に構えてるのに。でも塔の堂々たる姿にひと通り驚いたあとは、「あんなすごいの作っちゃう奴と戦うのかよ……」みたいな空気がだんだん漂ってきた。遠くに霞んで見える塔のシルエットに気圧《けお》されて、キャリアーの元気も空々しく聞こえてくるくらい、気づけばみんな塔を見ながら黙ってしまっていた。

「……」

いつもならここでなー、シバくんがなにも考えずに「行こうぜ行こうぜ！」てなるはずなんだけどな。今日はいまいち乗らないのか、さっきから塔を見つめて黙ってる。

「とりあえず、行ってみよっか……？」

あたしもここはみんなを引っ張んなきゃと思って。

「……そうね。行きましょう。そのために来たんだから」

モジュレーターが答えてくれた。それが嬉しくて、あたしは彼女の肩をぽん、と叩いた。

あたしたちはジェットスケートで塔へとまっすぐに飛んだ。モジュレーターだけは背中ロケットだったので、少し高いところまで上がったり降りたりしてる。塔の高さを確認しているのかもしれない。ジェットスケートでは塔の頂上どころか足元でちょっと跳ねるくらいでせいぜい1／10くらいだ。背中ロケットでも頂上までは難しいかもしれない。塔は〈アーケード〉の3D空間のy軸限界まで行ってるっていうか、それ超えてるんじゃないのってくらい高いのだ。

「アダプター一階に住んでるとかないかなー？」

あたしは希望を込めて言った。それには誰も答えてくれなくて、あたしちょっと寂しくて涙目。

前々から思ってたんだけど、ラスボスって塔の天辺とかダンジョンの最深部とかにいるじゃない？　出入りとか大変じゃないのかな。買い物とかどーしてんのかな。

みんなで塔の下まで来て、首が痛くなるくらい見上げてた。

近くで見ると、威容、というのか異様というのか、ほんと圧倒される。天まで届きそうな塔ってだけで威圧感ある上に、雰囲気がすっごい邪《よこしま》な感じで、ちょっとホラー入ってる。ＲＰＧに出てきそうな石造りの、まあ石っても四角いポリゴンブロックにテクスチャ貼ってる感じのやつだけど、それがぶぁ――って積み上がってて、これ積むだけでもちょっとした地獄の罰みたいな。石の境目に太い蔦《つた》っぽいのが絡《から》まってて、よく見りゃコウモリとかちらちら上のほう飛んでるのも見えるし、これ絶対に中迷路だし出てこれないし、少なくともスライムくらいはいるね間違いなく。

塔はギルドハウスになっていた。モジュレーターが言うには、以前のギルドハウスはもっと小さい建物だったらしい。

塔の入り口らしき扉の隣に、ギルドの持ち物であることを示すプレートが埋め込まれている。これはアバターの家にも同じようなのがあって、みんな〝表札〟って呼んでた。プロフとかツイッターのアカウント載せたり、ブログとかサイトにリンクしたり。

〝メンバーリスト〟っていうボタンがあったので押してみた。普通はギルメンの名前が出るんだけど、ギルメン限定らしくあたしが押してもエラーになるだけだ。横からモジュレーターが手を伸ばしてきた。

「ギルド所有のオブジェクトへのアクセスは、ギルメン限定なの」

彼女がその長い指でボタンに触れると、メンバーリストが浮かび上がった。

表示されたリストの一番最初の行にギルドマスターの名前がある。アバターの名前は、アダプター。

「やっぱりここなんだね……」

わかっていたことだけど、はっきり示されるとあらためて実感する。今までアダプターの名前はモジュレーターから聞いた話でしか存在してなかったのに、その名前が表示されると、

「あー、ほんとにいるんだアダプターって」

ってなって、ラスボスがいる場所って感じがずんずんしてきた。

「ギルメンの名前、キリトばっかだな」

シバくんが言った。今日あたしキリトの一人に会ったばかりだよシバくん。リアルでだけど。

すると、

「おーい、こっちこっち」

塔の、たぶん反対側から回りこんできたのだと思う、一人のアバターがあたしたちに手招きをしていた。エビス顔とでも言うのだろうか、真顔でも笑って見えてそうなめでたい顔で、グロウエフェクトで禿頭《はげあたま》がギラギラ光っていた。

「うわー怪しさ全開だー」

あたしはそのアバターに背を向けて顔を顰《しか》めた。キャリアーも同感だったみたいで眉間《みけん》にしわを寄せていた。

「あ、あの人ギルメンだわ」

モジュレーターによって、アバターの正体はあっさりと判明した。同じギルドに所属するギルドメンバー同士はネオンパターンにタグのようなものが見える。手招きしているアバターもモジュレーターが仲間だということがわかったらしく、ギルメン同士ということで向こうはフレンドリィに近づいて来た。ただでさえ笑顔なのがもっと笑顔になった。

「あれ？　モジュレーターさん、お久しぶりですね」

「ああ、どうもー」

二人は顔見知りっぽかった。

「モジュレーターさんは、これ建ってから初めてきたんですか？」

「そうなんですよー」

「この部屋は荷物置き場なんですよ。皆さんは――」

と、あたしたちの顔を見て、

「塔に登りにきたんでしょう？」

「ええ、まあ」

あたしはキャリアーと頷き合いながら答えた。状況と話の流れに若干の違和感を感じながらも登りにきたのは間違いないからね。

「塔の入口はちょうど対角線の反対側にありまして」

エビス顔のアバターは大げさに回りこむような手の動きで、裏にある出入口を指さした。「ご案内しますよ。と言っても塔の壁沿いに歩くだけですけどね」

歩きながら、エビスは妙なことを言い出した。

「ちょうど昨日、オープンしたばかりで、早速プレイヤーのみなさん大勢来ていただきましてね、ありがたいことですよ」

その商人、って感じの話し方なに？　オープン？　プレイヤー？

塔は横が少し長い直方体で、角を曲がると急に、アバターが大勢集まっていた。

「え？　なにこの人たち」

人ごみ嫌いのキャリアーはやや引いた感じで足取りが滞る。

「みなさん入場待ちをされていらっしゃいますので」

エビスが言う。

「どういうことなの……？」

あたしは首を傾げ、みんなと顔を見合わせた。

アバターたちは秩序を持って整列している。入り口から伸びたアバターの列はうねうねと左右にくねりながら塔を取り巻くように広がっていた。並んでいるアバターは「え、コスプレ？」みたいな、ややＲＰＧ的外見をしたアバターもいて、みんな楽しそうに談笑している。そして列の最後には《最後尾》と顔のディスプレイに表示したロイドが立っていた。この状況は、ディズニーランドかＵＳＪか、もしくはビッグサイトか。

「並ぶ？」

「並ぶしかないのよね」

「ただ今90分待ちです」

エビスは当たり前のように言った。

「は？　90分待ち!?」

キャリアーは若干キレ気味。

「90分待ちかあ……」

シバくんは頭抱えた。

「90分待ちなあ……」

あたしも途方に暮れた。ここまでの勢いどうしてくれる。

一時間半。並んでみようかっていう絶妙な時間だ。三時間待ちだとくじけて今日はいいやってなるし、30分待ちだといつ来てもいいや別に今じゃなくてもってなるし。

「どうしてそんなに時間かかるの？　中どうなってんの？」

「中は迷路になってますので、それなりに時間がかかるんですよね。前のグループが中に入ってから時間置かないといけませんし」

「え、なにそのアトラクション的な」

「え、アトラクションですよ」

エビスは普通に言った。逆になに言ってんの？　みたいな顔して。

「アトラクション？　これが……？」

あたしがぽかーんと塔を見上げると、そこにはでっかく〝タワー・オブ・アダプター〟と書かれていて、その下に説明が、

「迷路でモンスターを倒して宝箱見つけろ」

みたいなことがざっくり書かれてる。

エビスに詳しく話を聞いてみると、この塔はアクションＲＰＧになっているという。塔の各フロアには、上階に登るためのキーが隠されていて、それを探しだしてどんどん上に登って行き、頂上に囚《とら》われているお姫様を救い出す、そういうゲームらしい。

「脱出ゲームみたいな？」

キャリアーが尋ねると、

「いえ、あくまでも、アクションＲＰＧになっておりますので」

エビスは言う。迷路にはモンスターが徘徊していて倒したり逃げたりしながら先へと進む。

一定の条件をクリアすると宝箱が出現して、アイテムが隠されてたり、塔の中で使えるアイテムとか、たまにはコードキーが出たりもするんだって。

「面白そうじゃん」

あたしは割とやる気だった。

「面白そうだけど……モジュレーターはこれのことをまったく知らなかったってマジで？」

シバくんはもしかして罠だとか思ってるのかな。納得いかないみたいで疑いの目をモジュレーターに向けてる。

「あ、わたしはギルドの活動にはもともとそんなに深くは関わってなかったし……」

「離れてても、こういうデカイことやるときって手伝い募集とか、一斉通知とかＤＭで知らせて来るんじゃないの？」

「あー、あんまり。スルーしてたからかな」

「(´_ゝ`)フーン……そういうもんかね――」

シバくんは腕組みしてそっぽ向いた。あたしはその態度がちょっと気に入らなくて、

「シバくん、そういうリアクションやめようよ。それじゃモジュレーターのこと疑ってるみたいじゃん」

「別に疑ってはないよ」

「だったらそういうのやめて、楽しくやろう」

「なんかミッター、モジュレーターの肩やたら持つよね」

あたしはそれに言い返そうとしたけど、ちょうどメッセが飛んできて、言葉を引っ込めた。

モジュレーター

あたしが無理に仲間に入れてもらったんだからいいの。シバくんのこと気づかってあげて

トランスミッター

なんかごめん

大人だなーモジュレーターは。同級生なのに。シバくんが一瞬こっち見てたから、たぶん今のチャット気づかれたかな。

雰囲気を察したキャリアーは、

「ファストパスないのファストパス」

とか行列ネタを言い始める。

結局並ぶ以外どうしようもないからあたしたちは大人しく並んだ。塔の壁の看板に、入場料１アバター３８０ポイントとでかでかと書かれてる。

「え、３８０ポイントも取るのー」

アイテムには結構小金使っちゃうけど、建物に入るだけで取られるっていうのはどうにも納得がいかない。

「モジュレーター、ギルメン割引とかないの？　ていうか関係者パスで入れないの？」

言ってはみたものの、エビスにきいてみると、ギルメンだろうが運営だろうが特別扱いは一切なしで、中に入るためにはとにかく並んで入場料を支払わなくてはならないそうだ。

行列はすごい少しずつ前に進んでる。忘れた頃にずるずるって前にスペースが空いて、あたしたちも歩幅の狭い歩きでずるずると進む。

周囲で並んでいるアバターの話を耳そばだてて聞いてると、タイムアタックに挑戦しているだとか、もう十回目の挑戦とか、なかなかみんなハマってるらしい。アバターの対人はアクション系が多いからＲＰＧに飢えてんのかなーなんても思う。

それにしても……。

あたしはそびえ立つ塔を見上げた。アダプターはお金を集めるのが目的でこの塔を建てたのかな？　今並んでるアバターが全員38円払ったらいい金額になるだろうなー。アダプターはなにを企んでるんだろう。

「あたしたち、アダプターと戦うために来たのよねぇ……」

ぼんやりと遠くに眼を向けてキャリアーが呟いた。

さすがにこの状況、ここまで燃やし続けてきた闘志も消えかかる。行列に並んでるだけで目的を見失ってしまいそう。

ギルメンなのか客なのかわからないアバターが行列に沿って歩いてた。

「攻略本あるよー攻略本」

言いながら近づいてきたから、聞いてみた。

「攻略本必要なくらい難しいの？」

そのアバターはニヤッと笑った。

「ノーヒントじゃ10階くらいまでかな」

「え、何階建てなのこれ」

「60階だよ」

「60？　えげつなー」

「中には理不尽な攻略条件もあるからね。セーブもできないし」

「えーセーブもできないのー？　ログアウトするときはどうするの？」

「強制排出」

「なにそれー鬼仕様ー」

「中で遭難してるアバターも続出だよ。でもこの攻略本があればサクサク進むよ」

「商売上手だなー」

あたしたちの場合ここに並んでいる他のアバターたちと決定的に違う。塔のどこかにいるはずのアダプターまで辿り着き、彼に勝負を挑むのが目的だ。塔を登る過程を楽しむのは二の次だからハイスピードで進めるに越したことはない。

「はい。買う。攻略本」

あたしは手を挙げた。

「まいど。１２０《ポイント》ね」

入場料３８０ポイントに攻略本１２０ポイントで合計５００ポイントか。円に換算すると50円だけどさ、50円でも積み重なれば中学生には結構ダメージ蓄積するよ。

「わたしも払う」

「じゃあわたしも」

「俺も出すよ」

みんなやさしいな。キャリアーまでやさしいのはモジュレーターいるからか。シバくんがあんまりテンション低めなのが気にかかるけど……。

とりあえず並んでる間にと顔寄せ合って攻略本読んだ。

宝箱を出す条件がスライム三つ倒したらとか、敵の騎士とすれ違うとかはまあわかるんだけど、フロアの四隅全部回るとか壁に向かって歩き続けるとかなんだその理不尽。

ジリジリと行列は進み、ついにあたしたちの番になった。

《ここで装備を選んでねー》

微妙にフレンドリーなロイドが装備の種類を顔の画面に表示してる。

「これ着ないとダメなの？」

《このゲーム用の特別装備だよ。これがないとLPあっという間に削られちゃうよ》

見れば鎧《よろい》が５００ポイントとか、剣が８０００ポイントとか。

「高いよ！」

《レンタルもあるから》

な。

「じゃーしょうがない借りるかー」

そうかコスプレで並んでる人たちはみんな装備買ってたわけか。相変わらず課金勢はすごい
そんなわけでみんなレンタルで装備選んだ。

シバくんは剣と盾持ってファイターっぽい。あたしはローブみたいの着て魔法使いかなたぶん。モジュレーターはヒーラー系、キャリアーなぜかバカでかいハンマー持ったいかつい戦士系。なんでそれ選んだ？

着替えが済んで、いよいよごっつい木製の両開き扉の前に立った。

「入って、みる……？」

みるもなにもここまで来て入るに決まってんだろって自分にツッコミ入れたけど、でもあたしから率先して扉開けんのもやだし、誰かやって。でもみんな似たようなこと考えてるらしくて、少しずつジリジリと後ずさったりとかして、誰一人扉開けようとしないの。てーかシバくん、一番後ろでちょっと震え入ってない？

「どうしたのよシバくん」

「え。俺？」

「どうしてそんな一番後ろにいるの？」

「いやこれはたまたまじゃね？」

「いつも先頭切るのに」

「そんなことないよ……」

シバくんはゲームなにやってもすごい上手いのに、ホラー系ほんっとダメダメなんだっけ。バイオハザードレベルで漏らしたって言ってたから、SIRENとかどうすんだろね。

で、キャリアーのほうを見たら、

「あ、あたしはパワー系のパラメーター低いから……」

明らかに腰が引けてて、要するにこんな大きい扉開けられないって言いたいらしいけどじゃあなんでその装備選んだ。

そこへ、すっ、とモジュレーターが前へ出て、扉のレバーをひねった。カチャリと音を立てて金具が外れ、二階建てくらいありそうな高い扉がゆっくりと動き出した。ギィ――――と軋《きし》んで扉が開き、塔の口がぱっくりと開いた。

中はうす暗くて、廊下が真っ直ぐ奥へと続いている。あたしたちの影が互い違いに四本、床へ細く長く伸びた。

「キエェッ！」

闇からなんの声だかこれもわからないのだけど、叫び声というか鳴き声というか、威嚇《いかく》するような音がこだましてくる。

「うっは雰囲気あるなー」

あたしはなんかテンション上がってきて「よっしゃやったる」的な。

みんなで「せーの」で、塔の中へ足を踏み入れた。後ろで扉が閉まり、ちょっともう後には引けない感。

　中は不気味で薄暗くて、ゲームってわかっていても怖い感じ。しかも敵モンスターが襲いかかってくるんで恐怖倍増。

　早速通路の奥のほうから透明緑のツヤツヤした丸いのがボヨンボヨンって近づいてくる。見た目ちょい大きめのバランスボールみたいで、なんか尖ったので突いたらパン！　って割れそう。

「これなに？　敵？」

　あたしは無謀にも近づいていった。

「案内してくれるってわけでもなさそうよね……」

　モジュレーターは天然ぽい発言。

「質感からするとスライムっぽいね」

「えーなにこれスライムなの？」

　キャリアーが今更騒いでる。「あたしスライム苦手なんだけど、っていうか頭も尖ってないし顔も描いてないけどなにこれほんとにスライム？」

「本来スライムには顔なんて無いんだよ。ただ緑色で半透明のドロドロなんだから。ドラクエだよスライムに顔なんて描き始めたの」

　シバくんが解説してくれた。

　その顔の無いスライムが、急にこっちに向かって跳ねてきた。

「うわっ、なになになに？」

飛び退いて逃げても、さらにボヨンって跳ねてきて、

「なになになになになに？」

あたしもさすがに気味が悪くなって、だーって走って距離とった。そのスライムははっきりした意志を持ってあたしに攻撃を仕掛けてきてた。ただ体当たりをしてくるだけなんだけど、当たると弾き飛ばされるし、その拍子にほんの少しライフが削られる。ぼんぼん突っ込んでくるのでそのたびにちょっとずつライフが減るので地味にくる。

「誰か倒してコイツ！」

あたしは逃げながら言った。

「誰に言ってんのよっ」

キャリアーも逃げ惑ってる。そこへシバくんが恐る恐る近寄って、剣でつんってつついてみた。するとスライムはぽんって弾けるみたいに割れて、消えた。

「これ、やっぱりアレかしら……」

あたしの後ろに隠れるようにしてるモジュレーターが独り言っぽく言った。

「アレって？　なに？」

「ミッターは知らないと思うけど、これにそっくりなゲームが昔あって……」

彼女の話だと、60階層の塔の上にお姫様を助けに行くっていうそのまんまのゲームがあって、そのゲームもヒントもなにも無くってクリアは相当難しかったみたい。先へ進むための条件が

理不尽過ぎるところまでそっくりなんだそう。

あたしたちはスライムとか鎧を着た騎士とかを剣でぷしぷし刺しながら通路を歩いた。迷路っていってもそんなに複雑じゃないし、序盤はサクサク進む。途中すれ違った先行チームの人から、

「毎日各フロアの攻略条件が変わるんだよ」

って聞いて、攻略本買っといてほんとよかったと思った。この攻略本、日替わりの攻略条件に対応して毎日内容が書き換わるらしい。

あたしは普通に楽しんじゃった。当初の「アダプターを見つけ出して成敗してくれる！」という目的はどこかに置いてきた。でもシバくんはずっと無言で、モンスターとかサクサク倒すんだけど、いつもの感じと明らかに違ってる。途中からあたしもモジュレーターも、最後にはキャリアーまでが「シバくん大丈夫？」って聞くくらい元気なかった。だからなるべくモジュレーターと絡まないようにしたんだけど、彼女割とレトロゲーム詳しくて、この塔が昔のゲームにかなり似せてあるせいでなにかというと彼女の話が有用だった。あたしが話し掛けないぶんキャリアーがすごい話してて、二人仲良さそう。あたしは意識してシバくんに話し掛けるようにした。もしかしたらそういう気遣いも彼には鬱陶しかったかもしれない。

攻略本売ってたアバターの言う通り、あたしたちは10階でタイムアウトになって、全員強制排出になった。LPのダメージはなかったけど、上に行くためのキーを取るのに時間がかかりすぎた。でも上のほう行くとLPゼロになったアバターの死体がゴロゴロしてて、死んだアバターのまき散らしたコードキーがわらわら落ちてるんだって。

テレポーターで飛ばされたのは、塔から少し離れた小高い丘だった。レンタル装備は消えて、みんな元のコスチュームに戻ってる。

周りには同じようにゲームオーバーになったアバターたちがたむろって感想戦をやってたり、くつろぎながら塔を眺めてたり、次の攻略の相談をしていたり。

「しんでしまうとはなさけない……」

あたしは図らずもアダプターの掌の上で踊ってしまった感に打ちひしがれてた。だって楽しかったんだもん。彼がやってるテロも、もしかするとこれの延長線上にあるゲームの一つなんじゃないかと思ってしまったくらい。もちろんそんなことはなくて、この塔のアトラクションはただのゲームで害なんて無いけど、テロのほうは被害に遭って以来やる気を失い、そのままインしなくなっちゃった人がいるんだからシャレじゃすまない。

そこまで考えて、

「これ……ほんとにただのゲームなのかな？」

あたしは呟いた。

「どういう意味？」

キャリアーが聞いた。

「あのアダプターが、ただ面白いだけのゲーム作って、それをギルドで運営してなんて、それだけってこと、あるかな……？」

「わたしもそれ考えてた」

モジュレーターは同意してくれた。

「アダプターはテロをやるようになって、人が変わったみたいになっちゃったの。あ、違うな、変わったからテロをやるようになったのかな。それはある目的のための一貫した行動のような気がする。彼の行うことはすべてその目的を達成するためのもので、ひたすらまっすぐに突き進んでいるような」

「目的ってなに？」

あたしが聞いたのは、モジュレーターがその目的というのを知っているような気がしたから。

「それは……今は、まだわからない……」

モジュレーターは遠い目をしてた。やっぱり思い当たるなにかがあるんじゃないかな。

「アバターを集めるためだよ」

シバくんが言った。「そうとしか思えないね」

「集めて、どうしようとしてるの？」

「そんなこと俺がわかるわけないじゃないか。でも、テロは毎回アバターの多いところで起こってるじゃん。大勢のアバターに一度にボム食らわそうとするなら、アバターの集まるような場所を自分で作るっていうのは、そんなにおかしいことじゃないよ」

「一理あるね」

うんうん、とあたしは頷く。

「なによミッターその上から目線は」

キャリアーは笑いながら突っ込んだ。

「で、どうすんの？」

シバくんが言った。「結局アダプターのことはなにもわからなかったけど」

そう、確かに今夜は結局アダプターの居所を探るどころか、彼の作ったゲームで楽しんだだけで終わった。

「明日、またここに来て塔を探索しようよ」

普通にそうするものだと思って言った。でもシバくんは、

「そういうんじゃないと思う」

「え、どういう意味？」

「俺たちの目標はアダプターなんだよ？　明日またあのゲームやっても楽しいだけでアダプターを追い詰めることはできないじゃん？」

「それは、そうかもしんないけど……」

「モジュレーターはギルメンなんだから、もう少し情報集めておいてくんないかな。あのゲームをクリアしたら会えるってわけじゃないんだし、どこにいるかもわかんない状態で、これ以上やっても無駄が多すぎるよ」

「うん。わかった……」

ああ、モジュレーターがしゅんとしちゃった。

「ちょっと、シバくん言い方きつくない？　モジュレーターにそんなふうに言わなくてもいい

じゃない」

キャリアーが食ってかかった。

「……」

シバくんも黙っちゃってる。

あれなにこの感じ。みんなギスギスしてない？

「ね、ねえ、とりあえずさ、明日もまた集まろう？　どうするかはまた相談するとしてさ」

あたしも引きつり気味の笑顔でこの場をどうにかしようとしたけど、空気は特によくも悪くもならないまま、「そろそろ引き上げようか」って感じになった。

あたしたちは明日また、今日と同じ時間にここで落ち会う約束をした。

キャリアーは「明日早いから」と言ってログアウト。

モジュレーターも落ちて、あたしとシバくん二人が残った。

「……」

シバくんは動こうとしない。

あたしもなんて声掛けていいのかわかんなくてしばらく黙ってた。

「……」

「……」

先に沈黙に耐えられなくなったのはあたし。

「……ねえ、今日なんかシバくん変だよ。どうしたの？」

「……」

シバくんは口を尖らせて、でも黙ったまま俯《うつむ》いてた。あたしと目を合わせてもくれない。機嫌悪いときはたまにこんなのだけど、いつもはこんなに引っ張んないのにな……。

「ねえ、モジュレーターって誰なの？」

シバくんが口を開いた。

「え、誰って？」

「知ってるんでしょ？」

あれ？　シバくんなんのこと言ってるんだろう。まさか、あたしが彼女とリアル知り合いって感づいたとか？　いや、そんなわけないか。あたしはバレるような行動してないと思うし、それは関口くんも同じだと思うし。

「知ってるって、なにをー？」

あたしとぼけるの下手かも。

「モジュレーターのことだよ。知り合いって言ってたけど、どういう知り合いなの？」

シバくん珍しく言葉のエッジがキツイ。

「言ったでしょ、知り合い。最近知り合ったの」

「どこで？」

「どこでって、〈アーケード〉でだけど」

「〈アーケード〉のどこだよ」

どうしたんだろ食い下がるなーシバくん。やっぱりこれリアルの知り合いかもって疑ってんだろーな。

「別にいいじゃんどこだって」

だんだん面倒になってきた。

「だって俺、ミッターがインしてるときほとんどずっと一緒にいんじゃん。あのアバターとミッターが話してんの見たことないし」

「でも別にいつもあたしのこと見続けてるわけじゃないじゃん。じゃああたしの話したアバター全部知ってるわけ？」

「知ってるよ」

「は？　いい加減なこと言わないでよ」

「俺はミッターをいつも見てるし、どんなアバターと話してるのかも見てるよ。俺は一度見たネオンパターンは忘れない。モジュレーターは、最近俺たちの周りで何度か見かけてたんだ」

「それ別に行動範囲が同じなだけでしょ？　あたしたちだって家の近所かユーザータウンからちょっとでたとこくらいしか行ってないじゃん」

「だっておかしいよ、このタイミングでミッターと知り合いになって、それがアダプターのギルドのメンバーでさ」

「考え過ぎだって」

「それに、モジュレーター、あれたぶん男だよ」

シバくん勘鋭すぎるよ。どうしたの一体。

「なんでそんなことわかんのよ」

「わかるよそんなのなんとなく」

「でも別に中の人が男だろうと女だろうと関係なくない？」

「俺基本アバターの性別偽る奴信用してねーから」

「ええ？　じゃあロリーちゃんとかも信用してないの？」

言ってから、あー例が悪かったなって。でも本人がウゼーかどうかと信用するしないは別に関係ないから。てかあたしも信用するとかしないとかロリーちゃん相手に考えたことないもんな。アバターがカワイイなーと思うくらいで。

「信用するわけないじゃん。嘘つきだもん」

シバくんははっきり言った。そんなふうに考えてたって、初めて聞いた気がする。中の人とアバターの性別が一致してるかどうかって割とデリケートな問題で、気にする人は気にする。とくに〈アーケード〉はＳＮＳと連動してるからその辺りが厳しくなっちゃうのかも。あたしもそういうのわからないでもない。男が女性のフリして女性アバターに近づくってよくあるみたいだし、あたしもそうだけど女性アバターって警戒度が少し下がってしまうので。でも、頭から信用しないとか、そういう反応は極端だと思うんだよな……。

「あたしだってプロフ嘘ばっかなんだけど。それもだめなの？」

「それはいいんだよ、だってミッターが月に住んでるわけないだろ？　わかんじゃんそんなのネタだってさ」

「そんなの性別だって同じだよ」

「違うね」

「同じだよ。あたしだって性別騙ってっかもよ。あたしが女である保証はどこにも無いじゃん」

「ミッター、なんでそんなにあいつの肩ばっか持つんだよ」

「てかなんであたしが怒られる感じになってんの？　あたしなんかした？　してないよね？」

「もういいよ……」

シバくんはなんの前触れもなくいきなりジェットスケート全開にして空に跳ねていった。視界が一瞬、シューズの噴射したジェットの煙エフェクトで真っ白になる。

「どこ行くのーっ！」

叫んだけど煙が晴れた頃にはシバくん完全に視界から消えてた。追いかけようかとも思ったけど、あたしはあたしであんな奴もういいやってなってたから見送っちゃった。

シバくんヤキモチやいてんのかな。

男の子ってめんどくせーな。

てかあたしモジュレーターの肩なんてそんな持ってたか？　……そんな持ってたかな？　もしかして、無意識に関口くんに親近感持ってたってことかな。たいしてリアルで話なんてしたことなかったのに。リアルを知っててお互いに〈アーケード〉にいるっていう秘密を共有して、それだけであたし、関口くんとの距離を縮めちゃってんのかな？

よくわからん。

翌日は学校行きたくなかったけど無理して行った。

女子Aたちにいろいろ言われて、それが理由で休んだって思われるのも癪《しゃく》だったし、いない間に陰口叩かれまくるのも嫌だし。昨日の午後美術サボったので懲りたのもある。あの時間あたしが授業出てたらまた違ってたと思うから。少なくとも男子Aに好き勝手なことは言わせないで済んだはずだし、関口くんが関わってくることもなかったはず。つーか男子A〆とかないとな。テキトーなこと言いふらしやがって。あたしがいつテメーに告ったよ。

学校着いたら教室のあちらこちらで（´Д）ヒソ（´Д｀）ヒソ（Д｀）されてんだけどお前らどのこと話してんだよ男子Aとのことかそれともあたしが〈アーケード〉にどっぷりなことか。早速男子Aに文句言ってやろうと思って席のほう見るけどまだ来てなかった。教室の後ろで女子Aたちがあたしのほう見ながらヒソヒソやってて、あたしは席前のほうだったから後ろから圧力かかってくる感じであーいやだ。

間の悪いことに関口くんが教室入ってくるなりあたしのこと呼びやがんの。

——えーなに？　空気読めよマジで。女子Aのグループがざわついてるだろーよ(´A｀)

聞こえないふりしてた。それでわかれよって。わざとオーバーリアクションでバッグから教科書出したりまたしまったりページめくって読むフリしたり無意味なことしてこっち来んなオーラ出してたのに気づけば隣まで来て、

「ちょっといい？」

だって。

よくねーよ。いいわけねーだろーよ。全然女子の動向気にしてないのな関口くん。

１００パー〈アーケード〉の話だっていうのはわかってたけど「今ちょっと」って小声で言ったのに、「すぐだから」って関口くんほんっと空気読めなさすぎ。ここでもめるとほんとにまずい感じになっちゃうから、仕方なくついていく。

廊下と階段の境目みたいなところで関口くんが話しだした。

「ギルドから招集かかってさ。今までこんなことなかったんだけど、今日、塔でメンテやるみたいなんだけど、その手伝い募集だって」

「メンテ？　どんな？」

「詳しくはわかんないけど、行ってみようと思うんだ。アダプターがなにをしようとしてるのかわかるかもしれないからさ」

昨日のシバくんの言葉を気にしてるのかな。別に気にすることないのに、て思ったけど黙っといた。情報はあるに越したことないし、そのために動けるのはモジュレーターが最適だから。

「あ、そう。じゃあ今日の集合はどうする？　やめとく？」

「保留でいい？　向こうの状況わかってからで。もしかしたら俺が内部から手伝えることがあるかも知れないし」

「あーそれもそうだね」

「DMするよ。キャリアーとシバくんにも」

「あ、あの、そのシバくんのことなんだけどね」

「あー、どうしたの？　あれから」

「うーん、やっぱなんかいろいろ誤解してるっていうか、あたしと関口くんのこと。たぶんリアル知り合いって疑ってるし、モジュレーターの中の人、男だって気づいてるみたい」

「勘いいなあシバくん」

「話しちゃったほうがいいかなって気がするんだけど、どうかな」

「シバくん、ミッターのこと本当に好きなんだね」

「どうかなー。単なるネトゲ仲間だと思ってると思うけど」

「たぶん好きなんだと思うよ。そんな気がする」

「シバくんが？　あたしを？」

「ミッターを」

「あ、そうか。ミッターを。うん」

「シバくんが中の人男だっていう前提で言ってるけど」

「うーん……」

「だとしたら、リアルのことは話さないほうがいいかも」

「どうして？」

「シバくんがオフで会いたいって言ってきたら、会う？」

「えーどうだろ。シバくんはそういうこと言わないと思うけど」

「モジュレーターとトランスミッターがリアルの知り合いだって知ったら、言われるかもしれないよ」

それは考えたことなかったな。完全に〈アーケード〉の中だけでのあたしとシバくんだと思ってたから。シバくんがあたしと関口くんのリアルの関係に嫉妬してるなんて思い上がったこと考えたくないけど、彼のあの態度はそういうことなのかな。

「あたしが関口くんのこと好きとか、勘違いしてるってこと？　だったら余計にはっきり言ったほうが良くない？」

「違うよ。リアルを知ってるっていうだけで、ダメなんだよ」

「うーん、でも。でも、シバくんはモジュレーターがアダプターのスパイなんじゃないかっても疑ってたから、それじゃないのかな。あたしがモジュレーターに騙されてるんじゃないかと思ってるとかさ」

正直ちょっと動揺してる。トランスミッターがシバくんに好かれるのはとっても嬉しいんだけど、ミッターをスルーしてリアルのあたしにその好意が届いちゃったとして、あたしそれを受け止められるのかな？　てか受け止めちゃっていいものなのかな？　ああああやだやだ。別にシバくんがあたしのこと好きって決まったわけでもないのになにこの上から思い上がり。

「先生に見つからないうちに、行くね。メール取れる？」

「うん。休み時間なら」

「じゃ、ＤＭするね」

そう言って関口くん階段降りかけたから、

「待って。あのさ」

呼び止めた。言っておかなければいけないことがある。

「え？」

「一応、言っとく。できれば学校では話し掛けないでくれる？」

「あ……気づかなかった。ごめん」

「いいんだけど」

「塾では？」

「あ。塾では、まあ……」

あたしはハッキリ「いいよ」って言い切るのも恥ずかしい気がして、ゴニョゴニョ語尾を濁す感じで「うん」って頷いた。

「じゃあ」

関口くんはそのまま昇降口に降りてった。本気でサボる気なんだな。自由だな関口くん。面白そうだからあたしも授業サボって家帰ってこの時間からずっと〈アーケード〉にインしたいと思ったけど、今このタイミングで関口くんと二人で消えるわけには絶対に行かない。せめて時間差で仮病でも使って、あーもうまた陰口叩かれんだろうけどいいやもうそういうのどうでもよくないか？

とにかくどっかいいところであたしも帰っちゃおう。そして、シバくんとちゃんと話してみようと思う。彼はどうせ昼間からインしっぱなしだろうから。もちろんモジュレーターのリアルのことは話さないけどね。ちょうど三時間目が体育だから、逃げ出すならそこだな。

あたしがアーケードにインできたのは、二時間目終わって早退して、家着いて11時くらいだった。休み時間にシバくんにDMしたけど返信なくて、なにやってんのと思ってインしたら、シバくんはインしてなかった。え、珍しい、と思ってメッセンジャーリクエストとかもしたんだけど、見たら昨日のログアウト時間からずっとインしてないっぽい。

——えーマジで。

考えたくなかったけど、やっぱり昨日のケンカのせいかな。そんなにだったかな昨日。シバくんがインしてないとかって結構深刻じゃない？

あたしもちょっと焦っちゃって、思わずキャリアーにもDMしちゃった。

トランスミッター　ちょっとシバくん見当たらないんだけどー

昼間だからリプないかなって思ったけど、割とすぐに来て、

キャリアー　知るか！ (#^ω^)ビキビキ

まあそうなるよね。こんな昼間だし。

モジュレーターにもメッセ送ったけど返事がない。ギルドの仕事で忙しいのかな。

あれえー？　学校早退してまでインしたのに唐突にやることなくなってるぞあたし。待ち合わせしたのは夜だし、それまであたしどうする？

モジュレーターがインしてるのはわかってる。塔の近くにいるっていうのもわかってる。ＤＭくれるって言ってたけど、それをただぼーっと待ってるのもな。

――行ってみようかな？　うざがられるかな？

シバくんがいないだけであたしこんなに退屈になるんだって気づいてしまった。彼はいつもあたしがインするとすぐ飛んできてたし、手が放せないときでもチャットの相手してくれた。あたしがオフにいてもＤＭとか送って、いつも気にしてくれてた。シバくんは、あたしを楽しませてくれてたんだなってあらためて思った。

「あたし、甘えてたんかな……」

シバくんはまだインしてない。あたしが送ったいくつかのメッセはたぶんメールでスマホとかに転送されてるはずだから読まれてはいるはず。その上またメッセ送るのも鬱陶しいかと思ったけど、なんか伝えとかないとと思ってメッセのウインドウ開いた。

寂しいとか本心書くのも媚《こ》びてる気がしたから、ただ「退屈」とだけ書いた。それも本心だし、あたしの退屈を紛らわせるのはシバくんの担当でしょって。

待ち合わせは夜の七時だった。

場所は昨日の塔からテレポーターで飛ばされた辺り。あたしが行ったときにはまだ誰も来てなかったから、近くを少し歩いてみた。

塔のアトラクションは『メンテナンス中』になっていて、一応23時目標ってことにはなってるらしいけど、何時に終わるかはっきりとはわからないみたいだった。なのに塔の入り口にはメンテ明け待ちの行列ができてた。

メンバー同士談笑しながら並んでいるアバターたちもいれば、全員が放置していて寝ている状態のアバターが死体みたいに転がってたりとか、『なにかあったらこちらまで』って連絡先のリンクを載せたオブジェクトをその場にロックして置いてくチームもいる。どれも列が動き出すまでに戻ってくれれば順番を確保できるということらしい。行列の誘導は昨日に引き続きエビスのおじさんがやってた。

日中にモジュレーターから来たＤＭには、

モジュレーター　今塔の中で、通路の配置を組み替えるのを手伝ってるよ

って書いてあった。そのあとに、

モジュレーター　上手く行けばみんなを塔の上まで連れてこれるかもしれない

という知らせ。

詳しく聞いてみると、手伝いのギルメンが出入りするのに、塔の最上部と地上を結ぶテレポーターが設置されたらしい。

トランスミッター　じゃ一気に上まで行けるじゃん！

あたしはリプ返したんだけど、

モジュレーター　それがね、アダプターはやっぱり見当たらないんだ

トランスミッター　いないの？

モジュレーター　うん。少なくとも今のところ見てない。こんなときだから出てくると思ったのに

塔のどこかにはいるみたいなんだけど、アダプターのフレンド登録しているギルメンに聞いても、「あの人の部屋はどこにあるのかわからない」と答えは要領を得ない、と。

モジュレーター
この塔の中のどこかにいるのは間違いないから、もう少し様子を見ようと思う

っていうDMを受け取ってから、もうそろそろ四時間くらい経つ。

あたしは待ち合わせ場所の丘の上で待ってた。キャリアーのことも待ってたし、《様子を見よう》ってDMくれて以降ぱったり連絡途絶えたモジュレーターのことも待ってる。一番待ってるのはシバくんがインしたっていう通知だけどね。

「あら、シバくんはまだ来てないのかしら」

気づいたらキャリアーがそばに立ってた。あたし考えごとしてた。

「来ないつもりかしらね」

「来るよ。シバくんは」

そう言ってはみたものの、自信はなかった。ひょっとしたら今日は来ないかも、と思ってた。

キャリアーはその場に腰を下ろして遠くの塔を眺めてる。

「彼だって、いつまでも広告出っぱなしじゃイヤでしょうにね」

その言葉を聞いてあたしは、それまであんまり意識してなかったけど、頬に出ているはずの広告に手を当てた。そうだあたし顔に広告貼り付けたままなんだったな……。

ふと、考えてしまった。

どうしてあたし、こんなことにムキになっちゃってるんだろう。広告なんて別に貼られたままだってなに一つ困ることないのに。ただ見た目がちょっとっていうのと、たまに踏んじゃってリンク先がでかでかとデイスプレイに表示されるくらい。それだけのことで、ほとんどチーターみたいな力を持ったアダプターに、対戦を挑もうとしてる。

そこへ、モジュレーターからのＤＭが。

モジュレーター　今動ける？

「きたよ、モジュレーターから。ＤＭ」

あたしはキャリアーに言ってから、

トランスミッター　動けるよ。どうすればいい？

シバくんが来てないのが気にかかったけど仕方ない。

モジュレーター　昨日の、裏口に行って、中に入って。ギルメンにみつからないように

あたしとキャリアーは言われたとおり、昨日エビスが〝荷物置き場〟って言ってた部屋の前へ来た。

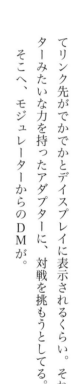

モジュレーター
中に、テレポーターがあるから、その一番右の、一番奥にあるテレポーターを踏んで。それで塔の59階まで飛べるから

部屋の中に入ると、確かに荷物置き場というだけあって、ギルドの共有財産が入っているんだろうセキュアボックスが縦横高さいっぱいいっぱいに整然と並んでいた。その隙間の通路を縫うように歩きながら、テレポーターを探す。

「たぶんいちばん奥よね」

あたりをつけてぐいぐい進もうとしても、セキュアボックスが行く手を塞いだりとかしてて
ここもちょっとした迷路のよう。

途中、ドアの音がガチャってして、あたしとキャリアーはとっさに身をかがめた。

ギルメンが入ってきて、迷うこともなくすいすい進んでいくのがセキュアの隙間から見えた。

あたしとキャリアーは無言で頷き合い、入口のほうへ一旦回りこんでから、ギルメンが通った通路をトレースした。

思ったとおり、ギルメンは部屋の一番奥にあるテレポーターを目指していた。セキュアの途切れた先の床に、テレポーターが碁盤目状に並び、どれも緑色に光っている。ギルメンはその中の一個を踏んで、ふわっと消えた。

「今のうち。行こう」

あたしたちは碁盤目のテレポーターの隙間を、間違って踏まないように注意深く進んだ。でも

よく考えたら意味なかった。テレポーターはギルメン限定で作動するようになってるみたいで、

トランスミッター　じゃああたしたちどうやってテレポートするの？

モジュレーターに聞いた。

モジュレーター　一個だけ、属性を全アバターに変えてあるんだ

でも、行き先のテレポーターの属性も変更しないといけないから、それで手間取った、とモジュレーターは言ってた。

あたしとキャリアーは、

「一番右、一番奥」

って二人で確認して、思い切って踏んだ。

飛んだ先は、たぶん塔のどこかの、廊下の角だった。

しんとしていて、他のアバターがいる気配はない。モジュレーターはその場所で待ってて、と言ってたんだけど、廊下が直角二方向に真っ直ぐ伸びてるだけだし、隠れるところも物もなんにもない。ギルメン来たらどうすればいいんだろう？

「ま、言われたとおり待つしかないか」

「今にもテレポーターからギルメンが飛んでくるかもしれないのよ」

「まあ、そのときはそのときかな」

「ミッターは楽観的よねえ……」

キャリアーはたぶん少しびびってる。

別に見つかっても開き直ればいいじゃんとも思ったけど、それでテレポーターの属性変えたのがバレたらモジュレーターがまずい立場になっちゃうかもな。

しばらくたっても、モジュレーターが現れることも、連絡もなかった。

「ねえ、モジュレーター来ないじゃない、どうすんのよ来なかったら……」

「ジェットスケートで逃げよう」

「あたしジェットスケート忘れた……」

キャリアーは泣きそうな顔してる。

「大丈夫よ、モジュレーターが上手くやってるから」

って無責任に元気づけてはみたものの、なんか今、廊下の一番奥からアバターが来るのが見えてるんですけど気のせいですか？

「モジュレーターじゃないの？」

「たぶん違うよ。あれ、ここのギルメンだよ……」

あたしたちは廊下の死角に入った。でも、テレポーターは廊下の角にあるから、

「これ、あのアバターがここまで来たら見つかっちゃうよね？」

キャリアーはビビリ声で囁いた。

こうしている間にもギルメンぽいアバターの足音はコツコツと近づいてくる。

「あのギルメンの後ろで、音を鳴らすのはどうかな?」

あたしがそう言うと、

「や、やってみる」

キャリアーはインベントリからショルダーキーボードをとり出した。キャリアーのアビリティーはこのキーボード。いろんな音を好きな座標で鳴らせる。なんの役に立つの? と思ったけど、対戦中にこれで音を鳴らされるとものすごい混乱する。FPSで発砲音とか近くで鳴らされたら割と凶悪。

パネルをいくつか操作して、コツーン! となにかが床に落ちた感じの音を、廊下を進んでくるギルメンの背後で鳴らした。壁の影からほんの少し顔を出して様子を見てみると、ギルメンは音のするほうを気にして振り返っている。でも首を傾げてすぐにまたこっちへ歩き出す。キャリアーがまた、コツーン。また振り返る。またこっちへ。またコツーン。振り返る。コツーン。――を繰り返してるうち、

「うわー」

とすごい勢いでギルメンがこっちに向かって走ってきた。顔が恐怖にかられたせっぱつまった表情。

「もう、なにしてるのよっ、戻りなさいよっ」

「声がでかいよキャリアー」

あたし思わず手でキャリアーの口塞いじゃったよ。

「どっか隠れるとこ……！」

口を押さえたままキャリアーを引きずって廊下をずるずる進むと、壁に一つだけドアがあるのを見つけた。

扉をほんの少し開けて、中を覗《のぞ》く。中は無人のようだ。

「とりあえずここ、ここ、入ってみよ」

あたしは扉を開いてキャリアーを部屋の中に投げ込むと、自分も入って扉を閉めた。

そこは、広間だった。迷路の壁を全部取っ払って、更に天井が五階分とか六階分とかど――んと高くなってる感じの部屋。

「ラスボス感満載じゃないのよ……」

圧倒されてた。天井からぶら下がってる豪華なシャンデリアとか、ところどころに飾ってある騎士の鎧みたいのはこの塔でモンスターとして出てきたやつだ。そして四方を囲む壁、石でできた壁中にアバター一人ちょうど収まるくらいの横長の穴が無数にあいてて、中にアバターが寝てる。

「これ……穴全部アバター？」

この広くて天井の高い部屋の壁、四方すべてにボコボコ穴が開いててそこにアバターが収まってるんだとすると、いったい何体のアバターが眠っていることになるんだろう。

「あーこういうのスカイリムで見たことあるわー」

キャリアーが言った。

「スカイリムって、あのオブリビオンの続編の？」

「そう。ダンジョンにね、こういう感じで壁にミイラが寝てるわけよ。ほとんどはただのミイラで害ないんだけど、たまーにアンデッド系のモンスターが紛れてたりするの。気が付くと後ろに立ってたりするわけ」

「ははは、それは怖いね」

ゲームって気配みたいなものってなかなか感じるの難しいから、そういう気づけば背後にモンスターとかほんとびびる。

「ミッター……」

「なに？」

「うしろ……」

キャリアーがすごい引いた顔してこっち指さしてた。いくら〈アーケード〉っていっても今あたしたちがいるのは敵のエリアのまっただ中で、なおかつ雰囲気あり過ぎのＲＰＧ的塔の広間っていうか、ラスボスの一歩手前くらいの場所なんだから、

「あはは、なによー、そういう志村ーうしろうしろ的なのやめてくれるー？」

またまたあー、って感じで笑って返した。

「ミッター、違うの、後ろ」

「もー、やめてよねーそういうの」

って笑顔で振り返ったらゾンビいた。

「ひっ……！」

ゾンビってか、正確には中の人がインしてない状態のアバターが立ってた。顔に広告出てるから（あ、中の人いないやつだ）ってすぐにわかったんだけど、そういえばあたしの顔にも広告出てるんだっていうの思い出してちょっとだけげんなりする。とりま離れるわ、当然ね。のけぞるみたいにして飛び退いたよ。でもそのゾンビアバターは明らかにあたしを認識してこっち向かってくるし、手を振り上げて攻撃しようとしてきてほんとマジでウォーキングデッド。

「なにこれなにこれどういうあれなの⁉」

パニクってキャリアーの傍に逃げた。彼女も顔に縦線入ってる感じで引ききってる。

「ミッター、これ、マジであれだわアレ」

「アレってなにアレって」

「今言ったアレよ、スカイリムのあれ！」

それが合図だったわけじゃないんだろうけど、合図だったとしか思えない絶妙なタイミングで、壁じゅうに開いた穴という穴でアバターがむっくりと起き上がった。ただでさえ「蓮コラかな？」ってくらいにボッコボコに開いてるところから、広告つきのウォーキングデッドがもっさりした動きでこっちに歩いて来ようとしてる。その全員が静かな敵意を携えて夢遊病者みたいにこっちを囲んできた。

あたしはキャリアーと背中合わせでとりあえず戦いの構え。でも実際この状態どうしていいかわかんないから、

「キャリアー、どうすればいいのこれ！」

「あたしに聞くな！」

ってなんの役にも立たないやりとり何回かする。

戦う？　戦うっていってもこっちは武器なんか持ってないし、つーか相手はアバターだからなに、一人ひとりと対人戦やるの？

壁際からゆっくりと近づいてくるゾンビたちは少しずつだけど部屋の真ん中にいるあたしたちへの距離を詰めてくる。

やっぱり人の入ってないアバターは無表情っていうか、あたしたちはＨＭＤのセンサーが表情読み取って表示してるわけだけど、彼らにはそれが無いから表情がうつろなのね。今こうしてアバターの意志とは無関係にあたしたちに向かってきてるけど、このアバターたちもこうなる前は中の人がいて、楽しくやってたんだろうな、と思ったら悲しくなった。そんなこと考える余裕なんて全然ない絶望的状況なのにね。

「ミッター、これ、もうゲームが始まってるのよ」

「メンテ終わったってこと？」

「終わったかどうかはわかんないけど、たぶんこの塔に入った時点であたしたちはゲームのルールに従わされてる。だから……」

　キャリアーがダッシュして、ウォーカーに華麗な回し蹴りを一撃見舞った。人形みたいにふらふらっと倒れたアバターの頭に一瞬ゲージのような緑色のバーが浮かび、二割ほど赤くなってからスッ、とフェードアウトした。この塔で繰り広げられているゲーム〝タワー・オブ・アダプター〟の仕様だ。あたしたちもゾンビたちもみんな、アバター同士で戦って白黒つけやがれっていうことなのだ。問題は、パンチやキックみたいな直接アバターに触れる攻撃はこっちもダメージ食らうってこと。キャリアーの頭の上に現れたゲージもほんの少しだけ赤い部分が表示されてた。

「これさ、あたしたちがやられたらどうなると思う？」

　キャリアーが駆け戻ってきて言った。

「昨日の感じだとテレポーターで強制排出なんじゃない？」

「モジュレーターには悪いけど、さっさと逃げるか、さっさとやられて強制排出されるしかないんじゃない？」

　確かにキャリアーの言うことは正論だと思う。てかキャリアーが言うことはだいたいいつも正論。あたしも本当のところ今日は帰って明日以降また出直したほうがいいよね、って思う。シバくんもいないし、モジュレーターもどこにいるのかわからない。このゾンビの山一掃できるくらいのバイタリティーとスタミナと、パワーが無いと乗り切れないと思うし、ましてやその後でアダプターと対決なんてできないと思う。

　でもあたしは、

「あたしは、せっかくここまできたのに、なんかここで諦めちゃうの、いやだな」

柄にもないことを言った。

「どうして」

「あたし今日昼間暇だったから攻略本読んでみたんだよ。あのね、マジ鬼畜。60階全クリとか絶対無理。気ぃ遠くなったもん。せっかくモジュレーターがここまであたしたちを連れてきたんだからさ、もうちょっと頑張ってみない？」

「いや……でもこれはさすがに……」

「それにさ――」

あたしはじりじり迫ってくるゾンビたちを指さす。

「これみんな、アバターなんだよ。ゾンビなんて失礼な呼び方してるけど、こいつらだって元はちゃんと誰かが操ってたアバターなんだよ。たぶん、アダプターに操られてるだけなんだ」

あたしはどこかにロリーちゃんがいるんじゃないかと思って姿を探してた。こんなに大勢のゾンビの中に見つけられるはずがないのに。

「どんなスクリプト食わされてるのかわかんないけど、あたしたちがアダプターを倒してさ、こいつらを開放したげようよ」

「気持ちはわかるけど、まずはどうするのこの状況」

扉のほうにもとっくにゾンビが溢れてて、このまま走って突っ切るのは絶対無理くらいの分厚いゾンビ壁ができてる。３６０度ゾンビ。見上げると大きなシャンデリア。

「あたしに掴まって」

「どうすんの」

「キャリアー、ジェットスケート無いんでしょ」

「飛ぶのね」

キャリアーが背中からあたしの首に両腕を巻きつけた。その腕を両手で掴んで、

「いい？　行くよ」

ジェットスケートの噴射を全開にして一気に。

パン!!

あたしとキャリアーは真上に向かって跳んだ。

「キャァ――ぶつかるぅっ！」

耳元でギャンギャン叫ぶキャリアーマジうっせえ。

あたしは迫ってくる天井に両足を向け、一瞬だけジェット噴射して速度を中和した。右手を伸ばし、シャンデリアのアームを掴む。ぐらっとシャンデリアが揺れて振り飛ばされそうになるけどどうにかしがみつく。

二人でケーブルに掴まって、シャンデリアのアームの上に足を掛けた。揺れがだんだん収まってきて、やっと下の様子をうかがう余裕も出てくる。

ゾンビたちは急に視界から消えたあたしたちを探して右往左往している。彼らがどういうアルゴリズムで動いてるのか知らないけれど、それほど頭は良くないみたい。

「で……これからどうすんのよ？」

キャリアーが小声で聞いた。

「どうしようねえ」

あたしだってその場から逃げるのに必死で後のことなんてノープランだよ。

「考えてないの!?」

「とりあえず逃げれたからいいんじゃん？」

「どーすんのよこんなところに二人でぶら下がって、身動き取れないじゃないのっ」

「キャリアーはせっかちだなー。下のゾンビたちだってターゲットがいなくなったらいつまでもあんなふうにウロウロしてたりしないよー。またすぐベッドに戻るって。ベッドってあの横穴式住居のことね？」

「ミッターってほんと楽観的よね……」

キャリアーはあきれたようなため息をついた。そしてそのまま下を向いて固まった。

「ちょっとミッター、下見てみ下」

「え？」

ゾンビアバターたちが床をぎっしり埋めるように立ってこっちを見上げていた。すごい。こんなにたくさんのアバターに注目されたことなんてない。じーっと、立ったまま、あたしたちに見開いた目を向けてる。その顔一つ一つに広告がチカチカしててうざい。てかあいつらずっと動かないつもりか。ここまで来れないのはわかってるけど、全員に見られてるのがちょっと気持ち悪くなってきた。キャリアーはスカートの裾気にしてる。今そんな場合かよと思ったらちょっと笑えてきた。

「なっ、なによっ」

気づかれた。控えめに笑ったつもりなのに。キャリアーは恥ずかしそうな、不安そうな顔をしてる。

「大丈夫。なんとかなるって」

リラックスしてもらおうと思って言ったんだけど、シャンデリアにぶら下がりながらじゃあんまり説得力なかった。

ぶら下がったままモジュレーターに現状報告のDMをしたけど返事なし。シバくんにも、

トランスミッター　今塔の59階にいるよ！

ってDMしたけどこちらもノーレスポンス。てかいまだにシバくんは〈アーケード〉にインしてない。

ふと下のほうが騒がしくなった気がして下を覗いた。

「えっ!?」

あたしは思わず声出しちゃったんだけど、つられて下を見たキャリアーも「ひっ」てなってた。下にアバターの山ができてる。アバターがアバターの上に乗って、さらにその上にアバタ

ーが乗って、それを延々繰り返したらしくてこんもりと小高い丘みたいにアバターが積み重なってる。その山を四つん這いになってアバターが頂上目指して登ってきてて、山はどんどん高くなってるみたい。

「あーこれあれだ。ブラピの映画のやつだ……」

キャリアーが言った。

「なにそれ？」

「知らない？　なんかブラピのゾンビ映画。なんとかなんとかZ」

「知らんがな」

「ゾンビがうわ――って山盛りになって壁を越えようとするの、ちょうどこんなふうに」

「で、越えたの？」

「越えた」

「マジか」

「これ絶対その映画の影響」

下を見ると、今にも手で掴まれそうな高さにまでゾンビが迫ってきていた。少しでも高いところへと二人でケーブルを登ろうとするけど足場が無いからすぐにずり落ちてしまって、足は再びシャンデリアの上。

「なんか武器になるもの持ってないの？」

キャリアーが聞いてきた。

「そんなのあるわけないじゃんかー……」

装備買っときゃよかったなーなんて今頃後悔。一応インベントリ探してみるけど使えそうにないものばっかだし。

「なんで用意して来ないのよ。アダプターと戦うつもりだったんでしょっ？」

自分はどうなのよキャリアー。

「だって普通にゲーム対決だと思うじゃん……」

そうよね。この塔で対決するとしたら、アダプターの作ったゲームのルールで勝敗が決められてしまうということだったのに考えが及ばなかったよ。

もう不利もいいとこ、完全アウェイ。

ゾンビの一人がシャンデリアに手を掛けて、不安定に揺れた。キャリアーはインベントリから取り出したショルダーキーボードを片手に持って構えた。

「まさかこれをこんな風に使うことになるなんて……」

そう言って心底情けなそうにため息をついた。そして思いっきり振り下ろしてゾンビの手にガン！　って当てた。うわ痛そう。当てられたアバターの頭にゲージが浮かんで、3分の1くらい赤くなった。やっぱり道具使ったほうがダメージ大きいし、こっち側にダメージが入らない。あたしもジェットスケートの噴射量を絞って、ゾンビの目の前で噴射してやったら結構なダメージ食らうと思って、足元まで迫ってきたゾンビたちにバンバン浴びせてやった。噴射をダイレクトに浴びたゾンビはごろごろ転がって落ちていくんだけど、でもそれを乗り越えて次々にゾンビが登ってきてきりがない。

「この状況まずくない？」

アバターをボコボコとキーボードで殴りながらキャリアーが言う。確かにこのままじゃあたしたちが捕まるのは時間の問題。入り口が手薄になるまで時間を稼いで、通り抜けられそうになったらジェットスケートで一気に突っ切るしかないか。

「あそこのさ、入口辺りに固まってるゾンビをどっかに行かせらんないかな」

あたしは入ってきた扉の辺りを指をさした。

「囮《おとり》ってこと？」

「さっきのあれ。キーボードで、部屋のあちこちから音鳴らして混乱させるってのはどうかな？」

「うーん、こいつら音に反応するかな？」

キャリアーは首を傾げる。

「だってゾンビはさ、あたしたちが入ってきたのがわかったから起き上がってきたわけでしょ？　それはたぶん音なんじゃないのかな？」

「そうね……。試しに鳴らしてみようか」

キャリアーはバット代わりに使っていたショルダーキーボードを持ち替え、ストラップを首から掛けた。

「一番びっくりする音ってなにかしらね」

キャリアーはパネルを操作している。

「ウインドウズのエラー音じゃね？」

「まじめに考えてよ」

「割と本気で言ったんだけど……」

「やってみるか」

キャリアーはＰＣの音源を検索して、ウインドウズのシステム音をキーボードに割り当てた。

「いくよ」

白い鍵盤を叩くと、部屋の隅のほうから、普段だったらあまり聞きたくないウインドウズのエラー音が、じゃん！　って鳴った。音の鳴った近くのゾンビたちは一瞬ぴくんと反応してキョロキョロしだして、音の聞こえたほうに向かってウロウロと歩き出す。

「上手くいった……かな？」

キャリアーはじっとゾンビたちの反応を観察している。足元まで迫ってきてたゾンビたちは音が鳴ったときはそっちを向くんだけど、すぐに興味を失ってまたあたしたちに襲いかかろうと手を伸ばしてくる。キャリアーは何度か音の鳴る位置を変えて鍵盤を叩いた。そのたびにゾンビたちは音のほうへと気を取られている。見てるとどうやら学習はしないみたいで、反応は同じパターンを繰り返すみたいだった。

「いけるかも……」

キャリアーは音を繰り返し鳴らし続けた。もういろんな種類の音をいろんな場所で、ガンガン鳴らした。一番効いたのはスマホのバイブ音だった。鳴らした瞬間ゾンビたちは一斉にスマホを探し始めた。

「バイブ音は低周波だから指向性が弱くてどこで鳴ってるかわかりにくいのよ」

「ちょっとなに言ってんのかわかんない」

バイブ音を鳴らしている間、ゾンビたちはありもしないスマホを探し続けている。中の人の行動を覚えているとでもいうんだろうか。それともそういう行動をプログラムされているのか。なんにしてもあたしたちには好都合だ。

あたしは入り口の扉近くの様子をうかがった。

「今ならいけるかもしれないよ」

ゾンビたちはスマホ探しに夢中になってて、たとえあたしたちが堂々と傍を通りすぎても気づかないいんじゃないかってくらい。そんなに大事かスマホ。

「キャリアー、行こう。音は出し続けていて」

「おっけ」

あたしはキャリアーを片手で抱きかかえて、シャンデリアをブランコみたいに前後に揺らす。いーち、にーい、さーん、リズムを取って、大きく前に振れたタイミングを狙って、

「よっしゃあああ行くぞうううあ！」

ジェットスケートをドンって噴射して、ゾンビたちの頭をかすめるようにして空中を滑り降りた。

「うっひょ――――」

すごいスピード感。体を屈めて、スキーのジャンプみたい。雪の代わりにゾンビなのがちょっとアレだけど。

「……っ！」

キャリアーはびびって声上げそうになってた。声出すとゾンビを引きつけちゃう気がしたから、あたしは開いてるほうの手でまたしてもキャリアーの口を塞ぐ。

扉が近づいてきて、今なら床に降り立って、ちょっと走れば外へ出られる！　――そう思ったときだった、扉がばーん、て開いて、

「ミッター！　キャリアー！　大丈夫？」

ってモジュレーターが入ってきたものだから、扉近くにいたゾンビたちが一斉に扉に殺到して彼女は「ひ――――っ」

ってなってた。

「モジュレぇたぁぁぁ!!!」

つーか関口！　タイミング悪すぎなんじゃあ！　あと少しで扉に辿り着けそうだったのに！

あたしはジェット逆噴射して激突ギリギリで床に立って、二、三歩前にふらついたけどなんとか着地できた。キャリアーもショルダーキーボード抱きしめてごろんて一回転してたけどどうにかノーダメージで着地。

「もう、しょうがない！　強行突破だぁ！」

あたしはやけくそで叫んだ。覚悟決めたから。あたしはジェットスケートシューズを脱いで、

両手に持って走りだした。

「もう、仕方ないわね！」

キャリアーは再びショルダーキーボードをバットみたいに振り回し、ガツンガツンゾンビぶっ飛ばしてた。

「結局こうなるんだよなー」

あたしは扉の近くまで辿り着くと、モジュレーターに襲いかかっているゾンビを後ろから殴り倒した。そしてモジュレーターを蹴っ飛ばして扉の外へ放り出した。キャリアーはあたしのすぐ後ろからついてきてて、廊下に出た瞬間に扉を閉めた。扉の外にも何体かゾンビが飛び出してたけど、ジェットスケート履いてゾンビに靴底向けて噴射したら吹っ飛んでった。

「モジュレーター、大丈夫？　ミッター、ひどいわよ！」

キャリアーが倒れたモジュレーターに駆け寄る。

ごめんあたしが蹴ったせいでモジュレーターはカエルみたいな無様な格好で床に貼り付いてた。

「わたしが悪いの、ごめんなさい、まさかこんなことになってたなんて」

モジュレーターは立ち上がりながら気丈に答える。今の襲撃で少しダメージを受けてた。「わたしについてきて！」

「どこへいくの？」

「アダプターの居場所がわかったの！」

STAGE.3

ミダシバ・オーヴァドライブ

あたしたちは59階の廊下を走っていた。

「遅くなってごめんなさい、59階のテレポーターもギルメン以外が使えるように変えなきゃいけなくって、それに時間取られてしまって」

モジュレーターが先頭を行き、あたしとキャリアーはその後ろをついていく。辺りが静まり返りすぎて、さっきまでのゾンビとの戦闘ノイズがまだ耳でわんわん鳴ってる気がする。まさか壁の向こうからゾンビたちの音が響いてきているわけじゃないよね。

「モジュレーター、あのゾンビたちは一体なんなの？」

キャリアーが聞いた。

「あれは、〝タワー・オブ・アダプター〟の敵としてこの塔に住んでるの。住んでるっていうか、住まわされてるっていうか。スライムとか騎士とかに姿を変えて、スクリプトに従って動き回るんですって。みんな、中の人がインしなくなった、放棄されたアバターたちよ」

「よくあんなに集めたものよね」

キャリアーは普通に感心してたけど、あたしはなんか引っ掛かってた。このゲームの敵モンスターとしてだったら、別にアバターじゃなくても、オブジェクトを動かすのではダメだったのかな。放置されてるとはいえわざわざアバターを集めたからには、なんか他の、邪な考えで集められたんじゃないのかな。なにって言われると困るけど。

モジュレーターが廊下の途中で立ち止まった。

「どうしたの？」

「ここのはずなんだけれど……」

右も左も壁しかないのに、彼女はなにか探してるみたい。

「ここに、なにが……？」

「あ、」

モジュレーターが壁に顔を近づける。彼女は金色の鍵を取り出し、壁にあいた穴に差し込んだ。ボコッと壁が大きくへこんで、横にスライドすると隠し階段が現れた。

「おおー……」

あたしとキャリアーは感嘆の声と小さく拍手。

中は、階段が螺旋になって上階へと続いている。

「この上に、アダプターがいるんだね……」

あたしはちょっとどきどきしてきた。ここを上れば、あの気取った仮面のシルクハットがいる。あいつを叩きのめして、すっかり忘れがちだけどあたしの頬に貼り付いた鬱陶しい広告とさよならするんだ。

——シバくんはどうしてるんだろう。

彼もいまだに頭にバナー広告の立て札を付けたままだし、顔にも貼られてる。今になってもまだインしている形跡はなかった。

あたしたちは59階から60階へと階段を上がった。

60階は薄暗く静かで、９つの廊下の入口があるだけだ。どれも同じような廊下がかなり先まで続いている。

「ここで、いいの……？」

あたしの緊張感が急速にしぼんだ。アダプターといよいよご対面かと思っていたら、辺りにはなにも無いから拍子抜け。

「ここが、このゲームの最終面。ゲームが動いてるときは、ここに立った時点でエンディングが始まるんだけど、今はメンテ中だから」

モジュレーターは話しながらも辺りの様子をうかがっている。どの廊下を進めばいいものか、と。


そのとき、どこからか――。

「ハ――――――ッハッハッハッハッ！」

リバーブにまみれた甲高い笑い声が遠くから響いてきた。

「この声は！」

姿は見えない。が、声の余韻が響き渡ってる。

「どっから鳴ってんのこれ？」

あたしは声のする上のほうをなんとなく見上げた。

「この声は……？」

みんな不安そうに顔を見合わせる。

「誰……？」

キャリアーは首をひねってる。たぶんアダプターだとは思うんだけど、今んとこ笑ってるだけだしお風呂場みたいに響いちゃってるし、どこから飛んできてるかわかんないのでいまいち確信が持てない程度の声色。

「まあ、状況的に考えてアダプターだよね……」

みんなで自信なさ気に頷き合った。

「よく来たな勇者たちよ――」

声は続く。

「さあ、クリスタルロッドを掲げ、この世界に光を取り戻すのだ。ミミミンンンンンンンンン／／／／／……」

最後のほうはリバーブが深くなりながらフェードアウトしてた。

「クリスタルロッドって？」

キャリアーはきょとんとしてる。

「あーこれ、ゲームのエンディングじゃないのかな。クリスタルロッドってアイテムでしょ？そういえば攻略本に書いてあったわ」

たぶんエンディングのイベント音声なのかな。どっかにスピーカーのオブジェクトが埋まってて、そこから鳴らしているんだと思う。

「ゲームが起動を始めたのかもしれない……急がないと」

モジュレーターは焦りだした。

「急がないと？」

「わたしたち、ゲームクリアの条件を満たしてないわ。だとしたら、ゲームが始まった瞬間にゲームオーバーになって……」

「『強制排出だ！』」

あたしとキャリアーがハモった。

やっべ！　やっべ！　せっかくここまで来たのに！

「ダッシュ！」

あたしたちは廊下を手分けして、端から調べて回った。あたしは左端の廊下を進んでみたけど行き止まり。モジュレーターは右端から、キャリアーは真ん中を行った。

左端から二本目の廊下もなにも無かった。三本目の途中で、おそらくこれがロッドを立てる台なんだろうなっていうのを見つけたけど、手ぶらのあたしにはなにもできない。ああ、この廊下もハズレ引いたか、と思ったとき、

「来て！」

と声がした。キャリアーだ。

声のしたほう、真ん中の廊下へと走った。突き当りが見えてきて、キャリアーとモジュレーターが既にいた。

「テレポーターがあるの」

キャリアーがふり向いて囁いた。

床に嵌ったテレポーターは、あたしたちが近づくと緑色の光を放った。緑色は今より高いところへいくテレポーターで、青はその逆。どちらも行き先の安全が確保されているときの色だ。テレポート先に危険がある場合は赤い系の色に光る。

「緑ってことは、屋上に飛ばされるっていうことなのかな？」

キャリアーが上を指さした。

「たぶんそうだと思う」

モジュレーターは答えて、テレポーターのすぐ傍に立った。

「ギルメン専用になってる」

モジュレーターは、テレポーターのステータスを変更し始めた。「わたしが先に行って、移動先のテレポーターのパラメーターを変更する。少し待ってから踏んでみて」

あたしたちは頷き合う。

「行くわ」

モジュレーターがテレポーターを踏んだ。彼女はしゅっ、と風と光に包まれて、消えた。髪のピンク色が光の粉になって散る。

「次はあたしが行く」

キャリアーがまだ光の余韻の残るままのテレポーターに足を載せた。

なにも起こらない。

あたしたちはじりじりしながら待った。キャリアーは「早くー」と言いながら足踏みしている。なんかトイレに並んで我慢できなくなってる人みたい、と思ったら笑えてきた。

「なに笑ってんのよ！」

「だって、キャリアーが……」

あたしが言う前に、キャリアーは消えた。

続けてあたしも飛び込む。瞬間で風景が変わった。

あたしがテレポーターから降りたとき、キャリアーもモジュレーターもあたしの前でただ立っているだけだった。

そこは天井があったから屋上ではなかったけど、61階なのかそれとももっと上に飛ばされたのかはわからない。さっきの広間よりはずっと狭くて天井も低くて、でも窓というか、ポリゴンブロックがぬけていて外の光が射している。

部屋の真ん中に、天蓋付きのベッドが置いてあって、女性のアバターが横たわっていた。その傍に、男性アバターが佇んでいる。

「……よく来たね、きみたち」

アダプターだった。彼はベッドの横に立ち、寝ている女性アバターを見下ろしている。彼は、シルクハットも仮面もつけていなかった。憂いを帯びた横顔に、ブルーの髪が冷たそうな印象。

アダプターは顔をこちらへ向け、少し首を傾げるような動きをした。

「でもずるはいけないなあ。この〝タワー・オブ・アダプター〟は難しいけど、やりこめば必ずクリアできるようになってる。君たちも来るならちゃんとゲームをクリアしなくちゃ。チー

トでラスボスなんて、ずるいよ」

まさかアダプターにそんな説教をされようとは。あたし文句言おうとして口を開きかけたんだけど、モジュレーターがそれを止めて、

「そこに寝ているのは……コネクター？」

と言った。

「……もう、半年も眠ったままなんだ。本当なら起きだして、体中に広告を纏わせゾンビのように辺りを歩き回っている頃だ。今はスクリプトで行動を抑えている。だから、あの醜い広告が貼られることもなく、意味のわからないクソリプを口走ることもない。美しいままで眠り続けるんだ」

彼は膝をついて、横たわっているアバターの頬を優しく撫《な》でた。眠っているのはアダプターの恋人なのだろうか。あたしはステータスを見てみた。

彼女の名前はコネクター。最終アクセス日が去年の6月になってた。

アダプターが、コネクターの栗色の髪を掻き上げるようにしたので、彼女の顔が見えた。すっと通った鼻筋に睫毛《まつげ》がつんと立って、唇がぷくんってして少しだけ開いてる。大人っぽいけどカワイイ。

「私は放置されたアバターをコントロールするスクリプトを書いた。中の人のいないアバターに行動命令を書き込んだスクリプトを食わせれば、アバターはまるで中の人がいるかのように振る舞う。君たちが戦った、下にいるアバターたちは、そのスクリプトによって行動する。み

んな、中の人が一カ月以上アクセスしていない者たちだ」

「そうやって、他人のアバターを勝手に動かしていたのね……」

モジュレーターが言った。声に、アダプターを責めるような色がある。彼のことをよく知ってるんじゃないかって話し方だ。

「主人のいないアバターは哀れなものだよ。なにかに取り憑かれたように歩き回り、体をバナー広告だらけにして、過去の発言から生成された文章を呟くｂｏｔとなって自己顕示欲と承認欲求の残骸をまき散らす。そんな存在に、なんの意味がある？」

アダプターの表情は、悲しそうに見えた。「……だから、私の手助けをしてもらったというわけだ。そのほうがちょっとばかり生産的だし、少なくともこの〈アーケード〉をよりよくする役には立ってる。有象無象として徘徊されるよりは、ね」

「それならどうしてテロなんか」

キャリアーが言った。

「スクリプトの効果はアバターの持っているコードキーによって結果が変わる。サンプルはいくらでもほしい。実際のところ、作ったスクリプトの効果を確認するのには何体アバターがあっても足りないんだ。テロでパラメーターを変えられたアバターは、そのまま放置されてしまうことも多い。中の人がいなくなってくれれば、また実験台も増えて一石二鳥というわけさ」

「実験……？」

テロのことだろうか？　この塔のことだろうか。どっちにしたってそれは、誰かのアバターを踏み台にしてやっていいことなのか。

「……君たちはなにしにここへ来たんだ？　同志になりに来たのか？」

アダプターが尋ねた。

「わたしたちは、ミッターとレシーバーの広告を消してもらいに来たのよ」

モジュレーターが答えた。彼女はどうやら話し合いでケリをつけようとしてるみたい。

「いい機会じゃないか。いっそこのまま〈アーケード〉から引退するっていうのはどうだ？ちょうど、ランカーのアバターがほしいと思っていたところだ。君たちもいい加減こんなネトゲにハマってないで、そろそろ現実に目を向けてはいかがだろう？」

あたしはアダプターの身勝手な言い分に腹が立ってきた。

「あんただってここまでするくらい〈アーケード〉にハマってるじゃないの。そんなあんたが、引退しろなんてよく言えるわね」

キャリアーが食って掛かった。もっともな正論だ。いいぞもっと言え。

「私と君たちは違う。決定的に違う。〈アーケード〉を独り占めしていいのは私だけだ。〈アーケード〉は私のために存在するのだ」

「ふざけないでっ！」

キャリアーは叫んだ。「この世界はあんたのためだけにあるんじゃないっ」

「世界とはまた大げさな……たかがゲームではないか」

たかがゲームだと……？

「違うよアダプター」

あたしはモジュレーターとキャリアーを押しのけて前へ出た。そして、

「この世界はおまえのためにあるんじゃない。この世界は、あたしのためにあるんだ――っ！」

大声で決めたった。

「はあ？」

って言ったのはキャリアーとモジュレーターね。

「だからっ、あたしはっ、ここでお前を倒す！」

びしッm9！　と指さした。

「私を？　倒す？」

アダプターは笑みを浮かべている。

「そうだっ！　アダプター！　あたしと勝負しろ！　できれば音ゲーでお願いします！」

なぜか敬語になってんだけど。

「待ってミッター、ここにきた一番の目的は、あなたとシバくんの広告を消してもらうためでしょう？」

「とりあえず今は広告なんてどうでもいいよ。あたしはこいつを許せない。下にいた中の人のいないアバターたちだって、こんな風に利用されたくなんてないはず。それに――」

あたしはアダプターを睨みつける。

「たとえゲームでも遊びでも、自分の大事にしている世界が誰かにとって価値のないものだっ

たとしても、壊されたり否定されたりする理由なんて無いんだっ！」

「どうするつもり？」

キャリアーが聞く。

「要するにアダプターをボッコボコにして、コードキー叩き落としてスクリプトを無効にしちゃえばいいんでしょ！」

ムキになってた。いつになく。こんなにムキになったこと最近あったかな。ムキっていうかヤケかもしれない。いつもはシバくんのほうがテンション高いしむちゃくちゃだし、あたしはどっちかっていうとそれ見てまああって宥《なだ》める側だったけど、どういうんだろ、今はあたしがいかなきゃっていう使命感みたいなものが周囲を覆ってる感じ。これもみんなシバくんがいないからだよ。どこにいんだよレシーバァ――――！

「ゲームなら既に始まっているさ」

アダプターはゆっくりと立ち上がり、両腕を大きく広げた。

「この塔の中は私の作ったゲームのフィールドだ。君たちは既にゲームの中にいると言っていい。だから、そこらへんにある武器で私を攻撃すれば、このゲームのルールにおいて勝敗が発生する。たとえば――」

いつのまにかアダプターはインベントリから拳銃を取り出していた。

「あーっ！　飛び道具とか卑怯なんですけど！　卑怯なんですけど！」

「なにを甘ったれたことを。要は勝てばいいのさ！」

最低だなコイツ！

アダプターは銃を構え、狙いをあたしに定めた。見ただけでは威力は全然わからないけど、

「ミッター、逃げて！　その銃は……！」

モジュレーターが叫んだ。

アダプターが引き金を引いた。でも弾速遅くて、なんだか弾丸がものすごい明るく光って飛ぶから避けるの余裕。

あたしは横に飛んで伏せた。弾丸は後ろの壁に当たって石壁に銃痕を残す。弾丸が光りすぎて当たってからも光の筋をピカピカさせてる。

「ふふん、そんなとろい弾丸、当たるわけないじゃんね！」

アダプターは、今度は連射で二発撃ってきた。

「よゆーでよけたるわ！」

転がって避けようとしたら、狙いはあたしじゃなくてモジュレーターだった。

「モジュレーター！」

彼女がうしろに吹っ飛ぶのを見た。眩《まぶ》しいくらいに弾丸が光ってて、その輝きにはね飛ばされるみたいにモジュレーターは体をくの字に曲げて。……でも違ってた。モジュレーターが後ろに跳ねたのは弾丸が当たったせいじゃなくて、キャリアーが飛びついて彼女を守ったから。

二人は抱き合うみたいにして倒れこんだ。

「キャリアーちゃん……」

「大丈夫？　モジュレーター……」

二人は倒れて重なり合ったまま動かない。いつまでやってんだよ、と思って見たら、キャリアーの背中に穴があいてて、そこから虹色の光の筋が。

「キャリアー、当たってるよ弾丸……」

あたしは恐る恐るキャリアーの傍に寄った。ダメージが入ったわけでも、コードキーが抜かれたわけでもなさそうだった。

「これ、なに？」

そう言ってモジュレーターを見たら、すごい動揺してる。

「キャリアーちゃんっ、大丈夫？」

ってモジュレーターが言ったとき、キャリアーの背の銃創からポリゴンブロックがぶわぁあああ〜って飛び出してきて、

「うわぁ、なにこれ！」

軽くパニクったあたし、這いずるようにして後に逃げたんだけど、状況はもっと深刻だったみたいで、モジュレーターが、

「ミッター、逃げて！」

って叫んだ。

えーなにが起こるの！　って視線をアダプターのほうに送った。彼は銃をインベントリに放り込んだのか手に持ってなくて、今はベッドのボタンみたいなのを操作してる。横たわってい

たアバターが青く光って消えたので、たぶんベッドはテレポーターになってるんだと思う。ていうかそんなの呑気に眺めてる場合じゃなかった。だってキャリアーの背中から吹き出してるポリゴンブロックが彼女を包み込んで、次第になにかのかたちになってきたから。

「モジュレーター、なんなのよこれ?」

あたしは大声で叫んだ。キャリアーはポリゴンブロックに阻まれていて姿が見えない。ブロックはというと、キャリアーを包むように次々とくっついていって、今では見上げるような大きな塊になりつつある。気づけばあたしとモジュレーターは壁際に追い詰められてて、とにかく肥大したキャリアーが圧迫してきて逃げ場がどんどん狭くなる。

「これ、一体なんなの?」

あたしはキャリアーに目が釘付けのまま、隣で一緒になってビビってるモジュレーターに聞く。彼女も膨れていくキャリアーから目が離せないのか、上を見続けたまま、

「巨大化するのよ。それも、二頭身で」

言われてみればポリゴンブロックはまるで雪だるまを逆さにしたようなかたちに集まってきた。頭のほうがやや大きくて、天辺から棒状のオブジェクトが二本飛び出し、ゆるやかなカーブを描き下へと降りて揺れている。間違いなくキャリアーのツインテールだった。

だんだん色とかたちが完成形に近づいてきた。今ではひと目でキャリアーとわかるほどの二頭身デフォルメキャラは、ゆらりとその重そうな頭をもたげた。

どおおおおおおん!

起き上がった二頭身キャリアーの頭が天井を突き破った。天井を構成していたポリゴンブロックがボロボロ落ちてきて頭に当たり、わずかにLPを削る。あたしとモジュレーターは壁際にへばりつくようにして逃げた。

そのとき激しい振動が襲いかかってきた。二頭身キャリアーが腕を伸ばして壁に手をついたのだ。瓦礫《がれき》ブロックが降り注ぐ中に二頭身キャリアーがあたしたちを見下ろす。その表情は、ほんの少しの笑顔とほんの少しの狂気が同居した、どちらかというと怖い系の顔だ。それがまた巨大化しているものだから迫力があって、なるべく目を合わせないように俯くしかない。

巨大な二頭身キャリアーが壁に両手をついてあたしとモジュレーターを見下ろし、あたしたちは俯いてるってこれなんて壁ドンよ？

「逃げてえええええ！」

ちょっとリバーブのかかったキャリアーの声が、巨大な頭から響いてきた。

「モジュレーターも、ミッターも、逃げて！　あたし今、自分ではアバターをコントロールできないのよっ」

「逃げてって言われても、どこにだよ？」

あたしの質問に、巨大二頭身キャリアーはもう一度壁ドンで答えた。背にした壁にヒビが入って、細かい破片がパラパラと降ってくる。

「彼女は今、私が動かしているよ」

アダプターの声がした。見ると手にコントローラーを持っている。あたしのコントローラーより若干イイ目のやつだ。

「仲の良い友達と戦って死ぬなら、それもいいだろ？」

そう言うとアダプターはコントローラーを操作した。すると二頭身キャリアーが両手で壁をドンドンと叩き始めた。あたしの位置から見ると、短い両足をどっしりと踏ん張り、両掌を交互に押し出すようにして壁をドンする様子は普通に「関取？」って感じ。もう壁ドンなんてレベルじゃない、壁グシャ。てかほんとに壁が崩れてしまって、あたしたち塔の床のかなりギリのところに今立たされてる。

「飛ぶよ、モジュレーター！」

あたしはモジュレーターを正面から抱きかかえ、ジェットスケートの噴射を全開にした。二頭身の頭を飛び越えて、天井に開いた穴から屋上に出た。

屋上は四隅に小さな塔が立っていて、その先端には鐘楼がある。振り向けばアダプターに操られた巨大な頭が、ゴリゴリと屋上の床を削りながらこっちに迫ってくる。

「アダプターって塔を壊すことについてはなんとも思ってないのかなー！」

質問とも文句ともつかない微妙なニュアンスで言った。

「あの人は、コネクター以外のことには執着ないのよ」

モジュレーターはアダプターのことを話すとき、少し複雑な表情になる。これってやっぱりそういうことなのかな。

そのとき、

ドォン！

屋上の床が吹っ飛んで、巨大二頭身キャリアーの頭が上がってきた。下の階に崩れ落ちた瓦礫ブロックの山を登ってくる。

「とりあえずあの塔の上に逃げよう！」

と、再びモジュレーターを抱えてジェットスケートを全開に……しようと思ったら、ぽすっ、と情けない音を立ててシューズからしょぼしょぼと煙が。

あたしは中途半端な推進力を殺しきれずにどてっとこけてモジュレーターを下敷きにしてしまった。

「ああ……ごめん、エネルギー切れだ……」

こんなときになによ役立たずー。

「危ないミッター！」

「えっ」

上から巨大なキャリアーの手が振り下ろされていた。

「ひ――――」

ガンって音がして、あたしとモジュレーターはふっ飛ばされた。ゴロゴロと屋上を転がり、塔の壁にぶつかって止まった。

二人とも、LPのゲージが今の一撃で半分近くまで減った。

「うわー……」

たぶんこれあと二回くらい同じの食らったら確実に死ぬ。あたしは持ってるコードキー全部ばらまいてレベルもだだ下がりだ。

「モジュレーター、これだめだ逃げよう」

「逃げようって、どこへ？」

「飛び降りる？」

「この高さから落ちたらそれだけでLPゼロ」

「じゃあさっきのテレポーターはどう？」

「わたしたちが移動に使ったテレポーターは一方通行だし」

「ちゃちゃっと行き先変えらんないの？」

「無理だわ行き先は固定だもの」

そんな話してる間にあたしたち二人が暗い影に飲み込まれる。見上げれば巨大キャリアーが仁王立ちしてる。ああ、こういうのキャリアーっぽいなーなんて考えたりする余裕なんて無い、ぐわっと振りかぶった拳があたしたち目掛けて飛んできた。

「うわわわわわわ」

ギリギリで避けたあたしたちの背後でどーんってポリゴンブロックが吹き上がるように空中に舞った。LP削られた今は破片に当たるのも嫌。一個だけブロックがあたしの頭にゴンって当たって、別にその拍子にってわけでもないけど。

「あっ！　テレポーターがあるじゃん！」

あたしは思い出した。

「どこに？」

「ベッド。あのアバターの、コネクターが寝てたベッド。アダプターが操作してた。青く光って消えたから、あれ下の階のどこかにつながってるんだよ！」

「スイッチ式のテレポーターね！」

モジュレーターがあたしの手を引いて走り出す。真正面に巨大二頭身キャリアーが立ち塞がってるけど、

「一気に足の間を駆け抜けるわよ！」

そうだ、キャリアーの股の間をくぐれば、その向こうには床に大穴があいている。その穴に飛び込んで、ベッドのテレポーターへ！　どこに行くのか知らないけど！

走りだしたあたしたちの前方に、キャリアーの股の下——が無い。

「えっ？」

キャリアーの姿が視界から消えていた。

「やった、行ける！　前方クリア！」

と思ったそのとき、あたしたちをまっ暗い影が覆った。

はっ！　と見上げたとき、高く跳躍した巨大二頭身キャリアーが笑顔で降ってきた。

「避けてえええええ！」

キャリアー、それもっと早く言おうよ、せめてジャンプの前とかさ……。

ずどおおおおおおおおおおおん!!

着地の激しい衝撃で床が空高く舞い上がった。あたしとモジュレーターも床ごと空高く舞い上がり、あー終わったなこれ。

だってあたしもモジュレーターも完全に塔の外に放り出されてたからね。

落ちる。落ちるよ。ものすげースピードで、屋上が遠ざかっていくよ。

60F 59F 58F 57F 56F 55F――50F――40F――あとはもう一階まで一気よ一気。

――あー、下に人いっぱい並んでたから巻き込んじゃうかもなーばらまいたコードキーも全部拾われちゃうんだろうなー。あー、モジュレーターもあたしの少し離れたところで落ちてってるしごめんね巻き込んで。

そのときあたし気づいてなかった。キャリアーから逃げるのに夢中で、シバくんがインしてたこと。

「トランスミッターぁぁぁぁぁ!」

シバくんの声だ!

どこにいるんだろ? あれあたしもう地上にぶつかってんのかな。どこから聞こえたんだろう今のシバくんの声――。

と思った瞬間あたしの体が真横にふわっと浮かんだ。

「ミッター!」

シバくんがあたしの腕を掴んで、飛んでる。

「シバくん！」

「おそくなってごめん！」

って言ってシバくんは背中のロケットをどーんって噴射して、地上に向かって加速した。その先には髪を振り乱して落ちていくモジュレーターの姿が。

「モジュレぇたァァァ！」

あたしの叫び声に気づいた彼女は手を伸ばす。シバくんも手を伸ばすんだけど、ちょっと距離があって届かない。

あと少し、あと少しで届くのに。

「ミッター、手！　手！」

シバくんが叫んで、あたしを掴んでた腕を伸ばした。あたしも腕を目一杯広げて、モジュレーターにあとちょっとで手が届きそうだけど地上にもあとちょっとで届きそう。

そのときあたしの指がモジュレーターの髪の毛に引っ掛かった。あたしは無我夢中で指に髪の毛を絡めた。髪は手に風圧で巻き付いてきて、あたしはそれをがっちりと掴んだ。抜けたらゴメンよモジュレーター。

地上が目前に迫ったとき、シバくんはロケットの方向を変えて激突寸前のところで急上昇、塔の下でメンテ明けを待つ行列アバターの頭すれすれを飛んだ。あたしはシバくんに腕を引かれ、モジュレーターはあたしに髪を引かれ、少しの間地上と平行に飛んだ後、塔から少し離れたユーザータウンにソフトランディングした。

辿り着いたのは街の入口。誰かの作った凱旋門《がいせんもん》だった。あたしたちは門の上に降り、三人とも倒れるようにして座り込んだ。

「シバくん、遅いよ！」

助けてもらったのはそれはそれとして、待ち合わせに来なかったんだからあたしには文句言う権利あると思う。

「ごめん。ちょっと、いろいろあってさ」

なんだよその言い訳。いろいろってなんだ。でも許すけど。助けてくれたし。

「ありがとう、シバくん」

そう言ったモジュレーターの髪が逆立ってる。

「うん……」

シバくんまだわだかまりあんのかな。

「あれ……キャリアーは？」

「シバくん、キャリアーはね――」

あたしが言い掛けたとき、塔のほうで、ドーン、と音がした。

みんな塔を見上げる。それほどは離れてないからはっきり見えた。巨大二頭身キャリアーが両手を塔の壁に突っ込みながらガラガラ壊して落ちてくる。アダプター塔壊すの躊躇《ちゅうちょ》ナシかよ……。

「あれ、なんなんだ？　見た目キャリアーぽいんだけど……」

シバくんは二頭身キャリアーを見て目を丸くしてた。

「ああ、あれはね……」

あたしはキャリアーがああなってしまった経緯を話した。

「マジかよ……」

彼はすごい困ったような情けないような顔をしてた。「……じゃあ、あのキャリアーが襲ってきたらどうやって戦えばいいんだろ？」

と、根本的な疑問。あたしとモジュレーターはあの二頭身に一ミリもダメージ入れられてないはずだった。

「わかんない……。でもユーザータウンの中にいればとりあえずは安全だから、LP自然回復するまでゆっくり考えようよ」

「そうはいかないよミッター」

シバくんは首を横に振った。

「どうして？」

「テロのときを思い出せよ。あのとき、俺たちはアダプターのゲームに知らない間に引きずり込まれてたじゃないか」

「ってことは……？」

「ユーザータウンもゲームフィールドにしてしまえるっていうこと。テロと同じなんだよ。攻撃を受けたらダメージを食らう。アダプターと同じギルドにいるモジュレーターなら、わかってるんだろ？」

「うん……」

モジュレーターは頷いた。「アダプターのアビリティーは、他のアバターを問答無用で自分のゲームフィールドに引きずり込めることなのよ」

「それは勝てる気しないよー。だってどんな相手とでもどんな状況でも自分のホームグラウンドで戦えるってことでしょ？」

あたしも弱音吐いた。

リズミカルな地響きがする。ずん、ずん、ずんって。二頭身キャリアーが笑顔で手を振りながらどすんどすん走って、まっすぐあたしたちに向かってくる。

「追いかけてくるのね……」

軽い絶望感。そして徒労感。どこまで逃げても追いかけてくるんじゃないかっていう。

「戦おう」

シバくんが言った。

「でもどうやって……？」

「わからない。でも、ゲームならルールがあるはずだ。それがアダプターの作った理不尽なルールでも、戦う方法はあるはずだよ。それに……、」

シバくんは眩しそうに目を細め、どたどた駆けてくる二頭身を見た。「キャリアーをこのまま放置して逃げるわけには行かないだろ」

そう言って立ち上がった。なんか、シバくんちょいかっこいいよ。

「……そうね。行きましょう」

モジュレーターも頷いて、立った。

「ねえ、だとしたら、ここにいるのまずくない？」

「え？」

「ここで戦うの、まずくない？　見てよ」

あたしは下を指差す。

凱旋門の周囲に人だかりができていた。みんなここに向かって脇目もふらずに走ってくる巨大な二等身キャラを見ようと集まってきている。

「アバターを逃そう」

あたしも立ち上がり、シバくんの背中ロケットで下まで降ろしてもらうつもりで彼の腕を掴んだ。モジュレーターも同じように反対側の腕を組むようにして掴まった。シバくんはちょっと照れ気味だったけど「よし」って頷いて前に顔を向けたとき、

「あ……手遅れかも」

と言った。

「え？」

あたしもつられて前を見る。

巨大二頭身キャリアーが、足の裏からロケットを噴射して頭から突進してきた。それはあっ

という間の出来事で、シバくんが背中ロケットで飛び立ったのと、キャリアーがあたしたちの立ってた場所に頭から突っ込んだのと同時だった。飛び散る凱旋門の破片の中を、シバくんはロケットを絶妙に操作して飛んだ。

「ねえシバくん、」

「なに？」

「このまま塔の天辺まで飛べない？」

あたしは彼の腕に必死にしがみつきながら言った。

「それは無理」

「どうして？」

「背中ロケットじゃあの高度までは上がれない、それ以前に」

「それ以前に？」

「ガス欠」

「はあああ——？」

って言った途端にあたしたちはみるみる高度を落として凱旋門下に集まってるアバターの中に突っ込み、三人バラバラにゴロゴロと転がった。やっと止まったときには逃げ惑うアバターたちのまっただ中に放り込まれて、蹴飛ばされたり踏まれたりもう散々。

「シバくーん！　モジュレーター！」

二人ともどっかいっちゃった。人の流れに逆行して探しても見たけど、それらしいアバターは見つからない。フレンドマップで近くにいるのはわかるのにもどかしい。

巨大キャリアーはというと、凱旋門とか近くの建物をガンガンぶっ壊しながら、足元のアバターたちを蹴散らしている。キャリアーの足の打撃判定は強烈で、踏み潰しをもろに食らうと一撃でLPがゼロになり、コードキーがいっぺんに抜かれる。

巨大な足の下敷きになったアバターたちの、コードキーが吸い上げられていくのが見える。潰されたアバターから数十本のコードキーがぱっ、と花火が散るように空中に広がって、それが塔の頂上に向かって彗星のように光の尾を引いて飛んで行く。

キャリアーの歩いた後には無残なアバターたちの抜け殻が転がった。みんな言葉通りの抜け殻だった。コードキーを一瞬で失ってしまったアバターの中の人は放心状態のはずだ。踏み潰されて放置されて動きを止めたアバターは、みんなうつろな目をして廃墟の中にバタバタと倒れている。

「うわぁ、なんてひどい……」

どうにか二人と合流しないと。これ以上無関係なアバターを巻き込むわけにはいかない。

アバターを踏み潰しながらキャリアーはこっちに向かってきた。あたしを狙って来てるのは間違いない。不気味な笑顔を貼り付けたまま手足を振り回し、二頭身のキャリアーが迫ってくる。

にげろ！

あたしは走る。ジェットスケートも使えないし、シバくんは戦うって言ってあたしも同意したのはいいけど、いったいどうやって戦うっていうのよ！

「ミッタぁぁー！」

「ああ、シバくん！」

アバターの間をぬってシバくんが駆けつけてきた。

「わかったよ、戦い方が」

「あんま知りたくないな……」

「そんなこと言わないで聞いてよ！」

「正直逃げたいけど聞くよ……」

あたしは半泣きだったと思う。シバくんはそんなあたしを励ましながら、手を引っ張って建物の陰に走り、身を潜めた。シバくんは顔を寄せ、興奮気味に話しだした。

「これは格ゲーのルールなんだよ。二頭身キャリアーと俺たちアバターとの」

「これ格ゲーなの？」

「うん。さっき踏み潰されそうになったとき、ダメ元で蹴りを入れたらキャリアーのLPゲージが出たんだ」

「ダメージ入った？」

「まあ……少しも赤くはならなかったけどさ」

「じゃだめなんだよやっぱり……」

「でもゲージが出たってことはさ、1とか、2とかかもしれないけど、少しは入ってるってことじゃん。いっぱいヒットすればさ、いつかは……」

「いつかは、かあ……」

「……俺はやるぜ！」

煮え切らないあたしを置いて、シバくんは出ていこうとする。

「待ってよ、シバくんがやられちゃうよ」

「じゃあ、黙って見てるのかよ。ランカーとして、ミッターはそれでいいの？」

ランカーか。それ言われちゃうとな……。

このまま黙って見てるだけじゃ情けないけどさ。巨大化して大暴れしてるキャリアーに踏み潰されるのをただ待つだけなんて、ランカーとしてのプライドずたずた。

でも、やっぱりシバくんにあおられると、もれなく上がるよね。

「……うふ、うふうふ、ふふ」

上がったテンションのせいかな、こみ上げるおかしさが抑えられなく。

「え、ミッターなんで笑ってんの？」

「やっぱり、シバくんだなって思って」

「なんだよそれ」

「あたし、自分が思ってる以上にシバくんに頼ってたんだなって。今日シバくんいなかったからよくわかった」

「ごめん、俺そんなつもりじゃなかったんだ。ちょっと、なんか、勝手にいろいろ勘ぐって、勝手に拗《す》ねてただけで、そしたらなんか、顔合わせにくくなっちゃって」

「いいよ、こうして助けに来てくれたんだし」

「ふへへ……」

シバくんは照れくさそうに笑う。

「シバくんが行くなら行くし、戦うなら戦うよ」

「うん」

「行こうか。格ゲーやりに」

「よしっ」

シバくんは力強く頷いた。

二人で、物陰から半分顔を出して様子をうかがう。

キャリアーは破壊活動を続けている。まるで駄々をこねる子供みたいな大暴れっぷりだ。凱旋門は崩れて上半分が無いし、周りの建物もポリゴンブロックが山になってほとんど瓦礫。そして逃げ惑うアバターを踏み潰すのに夢中になったキャリアーが、あたしたちに背を向けたその隙を狙って、

「今だ！」

シバくんが飛び出した。「ミッター！　ダッシュ！」

「よっしゃあ――――っ！」

……ぜんっぜんダメだった。

ラスボス相手に初期装備だってもうちょっとダメージ入れられんだろってくらい無理だった。

キャリアーのでっかい足にあたしとシバくんで駆け寄って、ポコポコ蹴ったりパンチ入れたり、シバくんなんか投技効くんじゃね？　とか言って踵にしがみついたりとかして、危うく潰されそうになってた。てか逆にキャリアーの蹴り食らってふっ飛ばされて、LP半分くらいになってたから。

「ミッター、シバくん、ごめん、お願い逃げてー！」

キャリアーは言うけど、ほんと言葉と行動が真逆な感じで、こと攻撃に関してはまったく手加減なし。

あたしとシバくんは走って逃げた。結局逃げた。途中でモジュレーターと会えて、

「よかったモジュレーター！　無事だったのね！」

「二人とも！　無事でよかったわ！」

と、互いの無事を喜び合いながら一目散に逃げた。

三人で物陰に隠れて様子をうかがうと、キャリアーの周辺からはアバターがほとんどいなくなって、今は建物を踏み潰しながらあたしたちのほうに向かってきている。

「ごめんわたしアダプターとフレンドだから、わたしと一緒にいるとどこに隠れても居場所がばれちゃうわ」

モジュレーターが言った。「だから、別れて逃げたほうがいいような気がするの」

「だめだよ」

シバくんが言った。「逃げるときはみんな一緒にだ」

「ごめんね……」

「でもアダプターの場所がわかるじゃん？」

あたしはモジュレーターに聞いた。

「ええ、アダプターはまだ塔にいるみたい」

そんなところからキャリアーを遠隔操作できるということは、リモコンで操っているだけではなくて、この状況がモニターできているってことだ。WiiUのコントローラーみたいの使ってんのかな。いいなー。あたしのコントローラーなんか旧式もいいとこ。

「塔に戻ろう」

あたしは言った。「それで、もう一回テレポーターで上まで行くの。そしてアダプターと直接対決！　どう？」

「わたしはいいと思う」

モジュレーターは頷いた。

「俺もそれでいいよ」

シバくんも賛成してくれた。そして、

「三人でどこまで飛べるかわかんないけど……」

言うと、彼はジェットスケートを履いた。

「飛ばすぜ」

シバくんはあたしとモジュレーターの腕を抱えて――。

パァン！

全開でジェット噴射した……けど、やっぱり三人はさすがに重すぎるのかな、全然高く上がらないし、地面に足擦りそうな感じでふらふらと右行ったり左行ったり、スピードも上がらない。

背後からは巨大キャリアーがロケット噴射で低空飛行。

「後ろから来るよ！」

あたしは叫んだけど、重量オーバーで上手く制御ができないからシバくんにもどうしようもない。

キャリアーが迫ってきて、ブン！　って大ぶりのパンチを繰り出した。あたしたちは重心移動したりしてバランスを保ちつつ、なんとか避けた。でもあたしたちを追い越していったキャリアーのソニックブームに巻き込まれて、ズザァァァァァァァァァァァァァァァァァァ！——と地面を普通のスケート状態で滑って、片足上げて「スパイラル」とか言ってシバくん余裕だな。

そんなことやってるからってわけでもないけど最終的に塔の壁にぶつかって、崩れた壁の瓦礫に三人でもつれ合いながら突っ込んだ。

「いってぇ……」

痛くはない。リアルのあたしは。でもなんとなく、トランスミッターがなにかにぶつかったりダメージもらうとあたしも痛いって思うのなんだろうね。

体の右半分が崩れたポリゴンブロックに埋まってた。モジュレーターはすぐ隣で下半身が埋まってたけど自力脱出。シバくんは上半身がエヴァな感じで埋まってたので二人で引きずりだした。

キャリアーはロケット噴射の勢いが余ったのか少し先まで行っちゃったみたいだ。

「今のうち。荷物置き場に急ごう」

あたしたちは塔の壁沿いを走った。

行き過ぎてしまったキャリアーが方向転換してこっちへ戻ってくる。どすどすと足音を鳴らし、歩いてくるのが見える。

角を曲がればすぐに荷物置き場がある。距離的にはキャリアーに追いつかれる前になんとか扉に辿り着けそうだ。

角を曲がったとき、あたしたちは呆然としてその場にへたり込むことになった。

キャリアーが散々壁を崩したせいで、ポリゴンブロックが山のように積み上がっていて扉が塞がれてたのだ。

「うわー……テレポーターが……」

途方に暮れるっていうのはこういうことね。三人とも座り込んじゃったまま、あーあって感じでみんなで空を見上げて遠い目。突然希望が閉ざされると人は心ボッキリ折れちゃうのね。新たな手段とか、プランBとかとっさに出てこない。どっちかっていうと、もういいか、ってしなびたほうれん草みたいになってた。

どすどすってキャリアーの足音は大きくなってくるし。

「アダプター！　降りてこぉォォい！」

シバくんはやけになって叫んでる。聞こえてるかなあ。聞こえたとしてもわざわざ来ないよ……。

そのとき、何気なしに見た瓦礫の一個に、光が射しているのが目に入った。それは射しているわけではなくて、瓦礫の表面から一本、筋状に光線が出ているのだ。

気になって近寄ってみると、虹色の光の感じっていうか、色合いっていうかが見覚えある。

それはキャリアーが巨大化する原因の、アダプターが撃った弾丸が炸裂したときの光だ。

あたしはその小さい光を出してる瓦礫の傍にしゃがんで、人差し指でほじってみた。その粒は虹色の光の筋を何本も放ちながら、ころん、と転がり出てきた。これだけを見てたらイヤリングにして耳から下げたいくらい綺麗。

ステータスを見てみると、弾丸の属性はクッキー。食べることでもパラメーターが変化する。

「ミッター、なにしてるの？」

シバくんが、覗き込んでくる。

「これ、弾丸なんだよ……」

「弾丸？」

「ミッター、もしかして、それ……？」

モジュレーターはわかっているはずだ。

「そう。これが当たって、キャリアーが巨大化したの」

「ええっ？」

シバくんが少し引いている。

「どうする気なの？」

モジュレーターは心配そうに言う。

「向こうが巨大化したなら、こっちも巨大化すればいいのよ！」

「本気なの？」

「上手くいくかどうかはわかんないけど、やってみる価値はありそうじゃん」

あたしはもう覚悟できてた。あれに対抗するには、同じ大きさになるべき。争いは同じレベルでしか発生しない！ ちょっと意味違うか。

「でも相手はチート上等のアダプターなのよ？」

「いいの。あたし、これ以上この世界をアダプターに壊されたくない。それに、キャリアーあんなにでかくなっちゃって、一人で目立たせるの、くやしいから！」

あたしはコントローラーを出して、ぽいっ、てシバくんに投げる。彼はそれを頭の上でパシッ！ と受け取った。

「シバくん！」

「なに？」

「あたしをコントロールして！」

「え、ええ？」

いきなりだったからシバくん面食らってたんだけど、すぐにやる気になったみたいで、

「俺に任せろ」

「うん！」

シバくんと頷き合った。

あたしは弾丸を指で摘まんだ。小さな、虹色の光を放つ破片。アーモンドみたいなかたちの粒を、
パクっ。

飲み込んだ。

「おおおおおおおおおおおおお――――――――っ！」

視界がみるみる地上から離れて、ジェットスケート履いてるときみたいにポーンって高いところへ飛んで行く感じ、なにこれ楽しい！

「ミッタあああぁぁぁ……」

シバくんの叫ぶ声がどんどん遠くなる。あたしは地面を見下ろして、

「あたしは大丈夫！　シバくん、コントロール頼むよ！」

小さくなってしまったシバくんとモジュレーターが、二人で手を振るのが見える。あたしのアバター今どんなかたちをしているんだろう。キャリアーのあの姿を見れば大体想像はつくけど、二頭身キャラ、鏡見てみたいな。

とか考えてるうちに、あたしの足が一歩前へ出ていった。シバくんがあたしをコントロール

してるのだ。少し歩いて、ウォームアップっぽくシャドーやったりしながらキャリアーに近づいていく。彼女は真正面にゆらゆらと立って、あたしを見ていた。

「ミッター……なにやってんのあんた!?」

そう言ったキャリアーの表情はほんのりと笑ったまま固まっている。

「キャリアー！　あたしが相手だっ！」

彼女との対戦は慣れているけれど格ゲーはやったことない。キャリアーをボコれるんだったら日頃の鬱憤晴らすのにちょうどいいかも。なんて。

でも今キャリアーを裏でコントロールしているのはアダプターだ。あたしたちはコントロールされてるだけで実際はアダプター対レシーバーの勝負だった。

キャリアーは頭の重そうな二頭身を軽々と跳躍させて、あたしの脳天めがけてキックを振り下ろしてきた。

あ、対戦もう始まってるんだ。思わずあたしは腕でガードする。……するつもりだったんだけど、今はコントロールがシバくんなんだっけ。

どーん！　ってあたしはふっ飛ばされて、ズザァァァァと滑って塔から離れたところまで転がっていった。質量が大きいから一度転がりだすとなかなか止まらない。あと体が丸いから。

でもさすがに巨体だけあって、あたしに入るダメージがだいぶ軽減されてるみたい。

でも今ってガードする局面だよね。ちょっとシバくんへたくそになってない？　格ゲー。

「ごめん。大丈夫？　ミッター」

キャリアーが固まった笑顔のまま話掛けてきた。自分も大変な状況なのに、あたしを気遣ってくれるなんて。いつもはいがみ合ってたけど、本当はあたしたち仲良しなんだよね。ボコって鬱憤晴らすとか思ってごめんねキャリアー……と、起き上がろうとするとすぐに下段蹴りが飛んできてまた転がった。

「あーんごめんなさい、次は避けてねー」

あれ？　なんかキャリアー楽しそうじゃね？　もしかしてあたしと同じで日頃の鬱憤晴らそうとしてるの？

と思ったら立ち上がり掛けでまた蹴りがきて転がった。まずい、あんまり後ろに転がってばかりでは街に突入しちゃいそうであとがない。どうしたのシバくん！　全然防御できてないよ。

「ごめんなさいねーミッター」

その笑顔のまま言われるとなんか想像以上にイラッとくる。まあ、操作してるのはアダプターなんだけど。

「キャリアー、あのさ……」

「あたしがやったんじゃないのよ、アダプターに操られているのだから、仕方ないってことで許してくれる？」

「許すとか許さないじゃなくて……もしかして楽しんでない？」

「そんなことないよー」

四回目の下段蹴りが入ってあたしはまた転ばされて、建物に頭から突っ込んでしまった。建

OVD

物は粉々、ていうか元の素材ブロックに分解されてバラバラに散らかってる。前になんかで見たウルトラマンと怪獣の戦いみたいだ。あれ見て「お前らもう少し戦う場所考えろよ」って思ってた。無責任なこと思ってごめんなさいウルトラマン。あれやっぱこうなるよね。

でも立ったらすぐにパンチのコンボが入ってまたしても吹っ飛んで倒れた。倒れた頭のすぐ傍に、誰かが作ったスカイツリーがあった。あと少しで壊すとこだったよ。

再びキャリアーが蹴りのモーションに入ったのが見えたとき、くるんって横に転がってあたしは避けた。蹴りは空振って、足ががっつり根元までスカイツリーに刺さっちゃった。キャリアーは足が抜けないのか両手で持ってグイグイ引っ張るんだけどそのせいでツリーのフレームが歪みまくってグラグラ揺れてる。

「ああっ！　スカイツリーが！」

スカイツリーは大きく揺れたかと思うと、ゆっくりとスローモーションみたいに倒れてきた。あたしのほうに。

「うわうわうわうわ、シバくん避けて！　避けてあたし！」

あたしが言ってることは聞こえてるはず。でもシバくんがちょっと距離遠くてなにか言ってもあたしの耳にまでは届かないかも。

ごろん、て横に転がって、倒れてくるツリーを避けた。ありがとうシバくん。今チャットに打ち返す余裕は無いかもしれないけど、

トランスミッター　シバくんｶﾞﾝﾊﾞｯﾃｰ(∞*・3・*)ノ

せめて応援だけでもと思って。

スカイツリーは煙エフェクトと素材ブロックをまき散らしながら、あたしとキャリアーの間を分断するように倒れた。

ほんとごめん！　スカイツリーごめん！　作った人ごめん！

煙の向こうで不敵な笑みを浮かべるキャリアーがうっすらと見える。別に不敵でもなんでもないんだ、ただ笑顔のまま固まってるだけだから。でもちょっと憂さ晴らし入ってるのが顔に出てるんじゃないかなとも思う。

――じゃあたしは今どんな顔してるんだろ？

急に気になってきた。

シバくんはコントローラー持ってるから無理かもだけど、モジュレーターなら答えてくれるかな？

トランスミッター　あたし今どんな顔してる？

リプはすぐ返ってきた。

モジュレーター

やっぱりな……。

そんな気がしてた。やるぞ！　って感じであの弾丸飲み込んだんだもん。てことはキャリアーは弾丸当たったとき笑顔だったのか。

「ミッタァァァ！」

シバくんがジェットスケートで近くまで来てた。

「どうしたシバくん！」

「このコントローラーじゃ、敵の動きについていけないっていうか！」

「どうして！　シバくんならできるよ！」

「そういう問題じゃないんだよ！　このゲーム、ボタンの組み合わせで技を出すんだけど、コントローラーにボタンが２つしかないから！」

「２つしかないとどうなるの？」

「ガードができねえ！」

あたしは頭を抱えた。キー操作バーチャ準拠かよ……。確かにキャリアーの動き見てると動きがバーチャっぽいもんな。

「俺どっちかっていうと鉄拳派だったし」

鉄拳は十字キーでガードできるからね。

ガードができなきゃ相手の攻撃は全部当たるか距離とって避けるか。てかガードボタン使った技とかが全部使えないっていうことか。となると……。

「逃げ回るしかないの？」

あたしも不安になって聞いたよ。格ゲーそんなには詳しくないけどボタン一個封じられて勝てるものなのかどうか。

「まあ、攻撃は最大の防御っていうしね」

ああ、だめだよシバくん。それよく聞くけどさ。そんなわけないんだからね。

あたしも格闘ゲームは好んではやってなかったからな。どっちかっていうと避けてたからな。

格ゲーはもう完全にマニア同士のゲームになっちゃって、煮詰まりすぎて鍋にこびりついた焦げみたいになってる。だから対人戦では格闘ゲームを選択しないのが暗黙のルールになってた。やりたい奴らは格ゲーギルド内で好きなだけ対人やってるから住み分けできてるんだけど……。

どうしよう。たぶん逃げれば逃げるほど誰かの作った建物を壊すことになってしまうし、このままじゃ状況は好転しない。

「シバくん……」

「なに、ミッター」

「リモコン、オフってくれる？」

「どうして？」

「あたしが自分でやってみるよ」

「え、そんなマジで言ってる？」

「当たり前だよ。冗談で言わないよ」

「お、俺は用済み……？」

「なに言ってんの。そのコントローラー使うからガードできないんだからさ。あたしが自分で体を動かして戦うよ」

「そうは言うけど、アダプター格ゲー結構強いっぽいぜ？」

「あたしだって少しくらいはできるもん」

「でもさ……」

「あたし、ちょっとシバくんに頼りすぎてたよ。いざとなったらいつでもシバくんがなんとかしてくれるって思ってたんだ。実際なんとかしてくれるじゃんいつも。ほんとに頼りきってた。でも、それじゃダメなときもあるんだよ。自分の力でやり遂げなきゃいけないときも、たまにはさ」

「ミッター……」

「あと、キャリアーに対する日頃の鬱憤は自分の力で晴らしたい！」

「なんですってー！」

キャリアー聞いてたか。

立ち上った煙エフェクトも収まってきて、あたしとキャリアーはスカイツリーの残骸を挟んだまま対峙してた。あたしたち、アダプターを倒すっていう同じ目的でここまできたのに、どうして二人ともこんな巨大化して、二頭身になって戦ってんだろね。だんだんおかしくなってきたよ。

「あは、あははw」

笑うと、なんか元気が出てくる。嫌なこともみんな忘れて、楽しくなってきて、どんな敵にも勝てるような気がしてくる。

「ちょっとなによ、なにがおかしいのよっw」

キャリアーも笑ってる。笑いながら怒ってるw

「だって、キャリアーの顔が下膨れで、中途半端に笑顔で固まってるからおかしくてw」

さっきまで不気味に感じてたキャリアーの顔が、今は愛らしくさえ見えてきた。そうやって見てたらツインテールがゆらゆら揺れてるのまでおかしく見えてきちゃって、笑いが止まらない。

「なによ、あんただって見えてないかもしれないけど、相当変顔してるんだからねw」

キャリアーも笑いを抑えられないみたい。

あたしたち、いつもは言い合いとかしてるけど、ほんとは仲いいのかもね。……っては言葉に出せないけど、この勝負、負けるにしても相手が見も知らないアバターじゃなくて、キャリアーでよかったよ。

コントローラーのリモートが解除された。急にジョイスティックの動きに二頭身アバターがシンクロした気がした。

「一気にケリをつけてやる」

アダプターの声だった。

塔から離れているのに、彼の声はあたしの耳によく届く。スピーカーのオブジェクトがキャリアーの頭にでも付いているのかな。

キャリアーは重くてバランス取りづらそうな頭をゆらゆらさせながら向かってきた。あたしは体を斜に構え、てか二頭身で斜めも構えもないようなものだけど、とにかくガードの姿勢をとって少しでもダメージを回避しようとした。もちろん隙があれば攻撃を叩き込んでやる。

ところがやっぱりアダプターにイニシアチブを取られてしまう。

巨大二頭身キャラの動きは不安定で、重心が高くて頭が揺れるものだから全然体勢が安定しない。足を払われて、簡単にこける。パンチも蹴りもリーチが短くて全然当たり判定のあるところまで届かない。

「もうなんなのよこれ！」

思うようにいかずに泣き言が出た。

ガードが全然効いてなかったさっきよりはまだマシとはいえ、ちまちまと入った攻撃が確実にあたしのLPゲージを削っていく。赤くなったゲージが点滅し始めて、とうとうあと一撃ダメージ入ったらKOってところで、藁《わら》にもすがるっていうかぶっ倒れたスカイツリーのてっぺん辺りのとんがった部分を両手で持って、凶器攻撃を放った。

「うううりゃあああああああ」

めったやたらに振り回して、ときにはツリーの遠心力に振り回されて、よたよたとそれでもゴン！　っていう手応えがあって、キャリアーの頭にツリーの角がヒットした。

大ダメージが入って、キャリアーはダウンしてる。

「今のうちに！」

あたしはキャリアーとの勝負とスカイツリーの先端を棄てて、走りだした。

「どこ行くんだ!?」

シバくんがジェットスケートでついてくる。

「どうして逃げるんだ、ミッター、キャリアーがダウンしている今なら……」

「塔へ行くんだ！」

あたしはキャリアーと戦うのに気を取られて、大事なことを忘れてた。

――敵は、アダプターじゃないか！

この巨体を持ってすれば、アダプターを倒せるかもしれない。

あたしは走った。キャリアーがダウンしている間に少しでも塔に近づきたい。キャリアーが追いかけてこないうちに少しでも街から離れたい。

もう、あたしがやるしかないんだよね。

だって、あたしトランスミッターだもん。

この〈アーケード〉の世界ではトッププレーヤーなわけじゃん。

もしオリンピックに〈アーケード〉っていう種目があったらさ、間違いなくあたし日本代表クラスじゃん。

そんなあたしがさ、この世界を荒らされて、黙ってられる？　黙っててていいの？

いいわけないよね。だから、あたしがやんないと。シバくんも、モジュレーターも、まあキャリアーも、見守っててくれるし。

大事な遊び場を、これ以上好き勝手にされるわけいかないいんだって。

塔が近づいてきた。

あたしは全速力で、巨体の慣性を塔にぶつけるようにして、

「てんぱったるぜえええええええええええええええぃ！！！！！」

塔を垂直に駆け上った。壁が壊れようが崩れようが気にしない、腕を差し込み足を突っ込み、手足をガンガン動かし続けて塔を登っていった。

待ってろよ！　アダプター！　あたしが、お前を倒してやるから！

あたしは登り続けた。20階、25階、30階、頂上に近づくにつれて高鳴る心臓の鼓動、そういえばあたし高所恐怖症じゃなかったっけ？　でもそんなこと今言ってらんなくない？

あと少し、あと少しってやっと50階まで来た。

60階は目前――と、そのときだった。

がしっ！　っと背中から羽交い締めにされた。

――キャリアーだ……！

巨大キャリアーは足裏ロケットを噴射して、この高さまで飛んできたのだ。

「離せえええええー！」

あたしは壁をパンチで壊し、腕で塔に抱きつくようにしてしがみついた。

キャリアーはあたしの両肩を背中からホールドしたまま、ロケットを全力噴射して壁から剥《は》がそうとしている。

あたしは踏ん張る。ここで踏ん張るしかない。ここまで登って、あと一息でアダプターに手が届くのだ。

壁が、崩れた。

ボコボコボコボコボコボコボコボコッ！

壁を崩しながら、背中にキャリアーを背負いながら、あたしは落ちた。手が空を切り、体は壁から剥がされてふわりと浮いた。

——ああ……終わったな。

塔の頂上がみるみる遠ざかった。壁がすごい速さで空に向かって飛んで行く。

どぉぉぉぉぉぉぉ————————ん！

あたしとキャリアーの巨体が、その周囲半径10メートルくらい？　を完全に破壊した。塔の壁や床、基礎までもを粉々にした。ばらけたポリゴンブロックはそこらじゅうに散らばって、煙エフェクトが辺りを包んだ。

……まだLPが残ってる。

奇跡的にというかなんというか、しがみついてたキャリアーが下敷きになって、あたしはギリギリLPが残った状態だった。

でもキャリアーもあたしも大ダメージ食らっていわゆるピヨった状態。そしてキャリアーのほうはゲージが今の一撃で半分以上削れてる。

今なら倒せるかもしれない。

……でもこれあたしがキャリアー倒しちゃったら、LPがゼロになってしまうのはやっぱりキャリアー本体なのかな？　巨大キャリアーだけ破壊して、キャリアーが無事な方法ないのかな？　どっちにしてもアダプターにはなんのダメージもないのがくやしい。

どうしよう……。

「やるじゃないか」

アダプターが、すぐ傍まで降りてきていた。

「アダプター……」

「なかなか善戦したではないか。まあ、ここまでだがな」

「まだ勝負はついてないっ」

ついてるようなもんだけど、まだ諦めたくなかった。この期に及んでも、なにか勝つ方法があるんじゃないかって考えてた。

「わかってないな。トランスミッター。君は、どうやっても私には勝てない」

「なんだとー！」

あたしがアダプターと話している間は、膠着状態が続く。この間に、誰かが活路を見出すかもしれないし、あたしが形勢を逆転させる方法を見つけるかもしれない。

「さっき、〈アーケード〉は私のものだと言った。それはハッタリでも喩《たと》え話でもない、事実なのだ。私は、この世界に選ばれている。君たちのように、現実からの逃げ道にここを選んだのではないのだ」

「うふうふうふ……」

「なにを笑う？」

「わかってないのはお前だ」

「……なに？」

「本当は、世界には境目なんてないんだ。現実も〈アーケード〉も、本当はわかれてなんてないんだ。両方ともあたしの世界の一部なんだ。どっちが欠けても、あたしはあたしじゃなくなる。だから、あたしはどっちの世界も、全力で守るんだっ……！」

「決着を……つけようか」

アダプターはコントローラーを操作した。あたしの下の、キャリアーがぴくぴく動き出す。

ここまでか……。

まだあたしもキャリアーもダウン状態で動けなかったけど、それもあと少しのこと。動けるようになったらアダプターはすぐにでもキャリアーを動かしてあたしを攻撃するはずだ。

あたしも起き上がろうとしたけど、まだダウンが効いてて上手く体が動かせない。

そのときだった。あたしの視界にシバくんが飛び込んできて、

「アダプタ――――――！」

正面からアダプターに蹴りを放った。

蹴りはアダプターの肩をかすり、彼は後ろに飛び退いた。

「ミッター！　早く立てえええええ！」

シバくんはあたしとアダプターの間に割り込んだ。彼はアダプターに攻撃を仕掛けて、コントローラーを操作させないようにしているんだ。

あたしは迷ってた。

巨大キャリアーに背を向けてでもアダプターを倒しに行くべきか。でもアダプターにコントローラーを操作させる隙を少しでも与えてしまったらだめだし、でもあたしの力でアダプターにダメージを与えられるのかどうか、でもシバくんと二人で攻撃すれば、でも、でもでも――。

「いいのよ、ミッター」

あたしの下敷きになったままのキャリアーが言った。「とどめを刺して」

まるであたしの考えていることが伝わってるみたいだった。

「でもキャリアー……」

「ためらってる時間は無いわ」

シバくんがアダプターと戦ってくれている間にどうにかしないと。

そのときふと、緑色の光が目に留まった。

崩れた壁の奥にブロックが、緑色の光をぼんやりと映しだしている。

ああ、テレポーターか、って一瞬わかんなくて、なんで光ってんだ？　とか思ってたらそういえばテレポーターは上に行く奴は緑色に光るんだっけか……とか一瞬考えてた。そうか、ここは一階の荷物置き場か。

——あれ？　もしかして、いける？

今アダプターはシバくんと戦うのに気を取られている。

あたしは巨大化したままアダプターの視界に入ってるから動くと注意を引いてしまう。

この手は一回しか使えない。失敗は許されない。そのためにもあたしの動きはアダプターに絶対悟られちゃダメだ。

今動けるのは——モジュレーターだけか……。

モジュレーター今なにしてる？

……って、見ると彼女もピヨってた。あたしたちが落ちたときの衝撃で瓦礫が当たったのか、ダメージ食らってフラフラになってる。ゲージが点滅していて雨にあたっても終わりそう。ごめんねモジュレーター……。

チャットで話し掛けてみようかと思ったけど、躊躇した。だって前にアダプターに会ったとき、あたしたちのチャットを読まれてたんじゃないかってことがあったから。そんなことできるわけないいんだけど、でももしかしたらアダプターならやれるんじゃないかっていう怖さというか、底知れなさを感じてるから。

シバくんを見ると、アダプターと間合いを計り合ってるみたいでお互い攻撃ちょこちょこ当てたりガードしたり状態。もしかしたらいい勝負するかも、と思ったけど時々現れるゲージ見て「ああ……」ってなった。シバくんさっきの巨大キャリアーと格闘したせいでゲージのほとんどが赤い。たぶんあと一撃パンチでも蹴りでも大ダメージ決まったら終わる。

あたしは動こうとしたけどまだアダプターの視界に入ってる。

そのとき、アダプターが体当りして、シバくんのガードが崩れてよろめいた。その隙を突いてアダプターが大技のモーションに入った。

――やばいよシバくん、逃げて！

って言おうとしたとき、一瞬早くモジュレーターが、

「もうやめて！　こんなことしたってコネクターは帰ってこないわ！」

って叫んだ。

一瞬の静寂。

アダプターがモーション途中でキャンセルした。

ん？　今のなに？　モジュレーターなに言ったの？

「アダプター、もうやめて。これ以上あなたにこんなことしてほしくないの！」

「モジュレーター、お前には関係の無いことだ」

「あるわよ！　わたしだって、ずっとアダプターのことを想い続けてきたんだから！」

「へ……？」↑あたし

「あ……？」↑シバくん

「は……？」↑キャリアー

「コネクターがいなくなってから、わたしはあなたのことを支えようと思った。憔悴《しょうすい》していくあなたを見るのは辛かったわ。それほどにコネクターのことを愛していたんだってわかってた。でもいつか、わたしのほうに振り向いてくれるんじゃないかって……」

（゜д゜）……。

（゜д゜）

あたしはまだ現状まだ把握できてない。なんか急に目の前でRPGのムービーが始まった感じかな。前後のムービー見てないから話わけわかんないよ。それとも×ボタンでスキップすればいいのかな？　つーか関口お前なに言ってくれてんの？

「……でも、だめだった。あなたはテロに走ってしまった。耐えられなくなってわたしはあなたのもとを離れたわ」

えっ、えっ、どういうこと？　意味わからん！　意味わからん！

つまりモジュレーターは中の人は男だけど女性アバターとしてアダプターのことが好きってこと？　それともアダプターの中の人が女なの？　それとも単に関口くんの恋愛対象は男の人っていうことなの？　複雑過ぎてついていけねーよ！　ていうかもし関口くんホモだとしたら女子Cざまぁ！

「もういなくなった人にいつまでもこだわるのはやめて」

「モジュレーター……」

まだまだ続くよ関口くん劇場。

「わたしがいるじゃない。わたし、頑張るから。コネクターみたいに、あなたを支えるから！」

「モジュレーターお前……」

あたしもシバくんもキャリアーもみーんな（゜Д゜）こんな感じ。でもさ、中の人が男だって知ってるあたしにしてみれば同じ顔AA《アスキーアート》でも意味合い違うからね。まあシバくんは勘づいてたんだったらあたしと同じ顔すればいいよ。

「モジュレーター、すまない。私は、君の気持ちには応えられないんだ」

「アダプター……」

気がつけば、そんなやりとりをモジュレーターがしてくれたおかげでアダプター今完全にあたしに背を向けてた。

あれ？　これってまさかモジュレーターわざと、アダプターがあたしに背を向けるように仕向けてる？　だとしたらグッジョブなんだが。

――やるなら今しかない！

気付かれないように、そーっと、そ――――っと、手を伸ばした。

一番右の、一番奥のテレポートタイルに、手が、届く……。

――届いた。

しゅっ、て。目の前が光って一瞬のブラックアウト。

あたしは、59階に飛んだ。二頭身アバターの巨体がいきなり廊下に現れたせいで、壁も天井もドォォン！　って崩れた。

あたしは今、廊下の角のテレポーターの上に立っている。飛び散ったポリゴンブロックの破片の雨の中、塔の外へ体を向けた。崩壊した壁の間から、空が見える。いつの間にか塔の頂上を覆っていた雲の渦は晴れて、今は薄い膜のような雲エフェクトが眼下に敷き詰められている。

素敵な風景だった。戦いの中で戦いを忘れるくらい。アダプターを追い詰めるのに必死で気が付かなかったけど、こんなに高いところの風景なんて、そういえばなかなか見られるものじゃないよね。

あたしは空へと一歩を踏み出す。もう、怖くなんかない。

あい、きゃん、ふらーい。

あたしは飛んだ。ぴょーんって。

地上があたしを引っ張るみたいにどんどん加速して、あたしは一個の弾丸になった。

うおおおおおおおおおおおおおおお────────！

真っ逆さまに地上へ落ちるあたし。カメラのズームのように地上がぐいぐい迫ってくる。そしてズームの中心にいるのは──。

──アダプターあぁぁあぁああああああぁぁぁぁぁぁあああああああ！

心の中で叫んだ。ほんとに叫ぶと気づかれちゃうから。

全体重と重力とが、加速の力で何倍にも大きなパワーになって──！

ずどおおおおおおおおおおおおおん！！！！！！！


着地する瞬間、アダプターがこっちを見上げるのを見た。その表情には驚きと、諦めと、そしてちょっとだけ自嘲《じちょう》を含んだわずかな笑み。

あたしに踏み潰されたアダプターの頭に浮かんだLPゲージは一瞬で真っ赤になって、彼の持ってたコードキーが全部、あたしの体に吸い込まれていった。あたしの巨大二頭身アバターは、アダプターがコードキーを失ったことでバラバラになって消えた。

あたしは、クレーターみたいになった地面の真ん中に立った。アダプターに勝ったことで、LPはほとんど回復してる。

着地の衝撃でシバくんもモジュレーターもふっとばされてた。ごめん。でも二人ともあたしの行動を予想してたからガード取ってて無事みたい。

あたしの傍に、LPがゼロになったアダプターが倒れていた。彼の持っていたリモコンは砕け散って、それを追いかけるように巨大二頭身キャリアーも崩壊した。中から出てきたキャリアーは髪の毛とかボロボロ。それはあたしも同じで、まるで大破食らったみたいに服も見た目もダメージだらけだった。

あたしとキャリアーはお互いの顔見て、

「ひでえ顔」

と言い合って笑った。

「ミッター、広告消えてるよ」

「えっ」

思わず頬を指で押してみた。広告があったときはリンクが開いたのに、今はなにも起こらない。

「やった……やっと◯茎手術の広告から開放された――――」

あたしはキャリアーと抱き合って忌々しい広告の消滅を喜んだら、キャリアーが(゜Д゜)ﾊｯ!ってして、

「もう、今からまた敵同士なんだからねっ」

とか言ってぱっと離れてった。なに言ってんのついさっきまでだって敵同士だったじゃんw
「ミッター！」

シバくんが駆け寄ってきた。彼の広告も綺麗に消えてた。もう「続きが気になるんじゃ――――！」

みたいな中途半端なマンガの広告を見なくて済むんだ。

「これでまたランク上がるんじゃね？　やったな、ミッター」

シバくんがあたしの手を取った。

「なによ、ミッターばっかり。あたしだってやったわよ」

キャリアーが口をとがらせてる。

「キャリアーは二頭身になって操られてただけじゃんか。俺のこと蹴っ飛ばしたりしてさ。ダメージすごかったんだから」

「それはあんたが無闇に近寄るからでしょ」

「キャリアーも頑張ってくれたから、こうしてアダプターを倒せたのね」

モジュレーターはキャリアーの肩を持つ。

「でしょ。間接的にあたしの活躍よ」

キャリアーは得意顔でボロボロのツインテールを揺らした。

「……あの、モジュレーター」

「なに？」

「さっきの話、マジ？」

シバくんはあたしが触れないでおこうと思ったのに平気で切り込むなあ。

「え……」

「アダプターを……」

「え、あっ……あれは、アダプターの注意を引かないとと思って、必死だったから……///」

なに顔赤くしてんだよ関口よー。


あたしたちは、アダプターが目を覚ますのを待っていた。

復活した彼のスピリットが戻ってくるまで、そして元のアバターに再び宿るまで、待った。

ところがいつまでたってもアダプターは復活しない。

「ログアウトしちゃったのかな……」

シバくんは腕組みして首をひねっている。「でもアバター放置してログアウトするかなー。せめて持ち物だけでも回収に来ると思うんだけどな……」

モジュレーターはアダプターの傍で膝をつき、彼の上体をやさしく、少しだけ起こして顔を覗き込んだ。

「あっ……！」

「どうしたモジュレーター」

あたしは傍に寄って、アダプターの顔を見た。

その頬に、広告が表示されていた。

「え、なんで……？」

まさかあたしの広告が移るわけないし、でも確かに彼の頬に◯茎手術の広告が映しだされてる。

「どういうことなの……」

あたしとモジュレーターは互いに首を傾げた。

「おーい」

キャリアーの声だ。

行ってみると、彼女はたぶん巨大キャリアーか巨大あたしが開けた穴だと思うんだけど、その穴に下半身をすっぽり潜らせてた。

「なにしてんのよキャリアー」

あたしがいぶかしんでいると、

「地下室があるのよ」

そう言ってすぽん、と中に吸い込まれていった。キャリアーもチャレンジャーだなあと思いつつ、あたしも穴を覗いてみた。

地下室はそれほど広くはないけど、かなりごちゃごちゃしてて〝荷物置き場〟みたいだ。

あたしたちは地下室に入ってみた。

「うおーすげー……」

そこはアダプターの部屋だったらしい。

本来テレポーターでしか出入りできないみたいで、ドアはひとつも見当たらない。壁際は〝デバイス〟と呼ばれる、〈アーケード〉内でアイテム製作に使われるツールで埋まっていた。

ここでアダプターはテロで使うボムを作っていたのかな。

「たぶん、61階からしかテレポートできない、アダプターの部屋だったのね」

モジュレーターが言った。彼女も知らなかったんだと思う。部屋の真ん中にあるベッドに、コネクターが眠ってるのを見て驚いていたから。動かないコネクターのためにベッドにテレポーターを仕込んで、上にも行けるようにしたのかな。

「ちょっとこれ……！」

キャリアーが声を上げた。

部屋の隅に、審判ＡＩのロイドが一体、放置されていた。

「どうしてこんなところに……？」

キャリアーが手を伸ばしたとき、不意にロイドがディスプレイをこっちに向けた。

「うわこれ生きてる」

キャリアーは驚いて手を引いた。

《あまりその辺にあるものを触らないでくれないか》

ロイドが言葉を発した。対戦で聞き慣れた声だ。対戦のときに出てくるロイドはゲームのルールや判定のことしか話さない。今の言葉もこの部屋に誰かが入ってきたときに返すために用意されたもののように聞こえた。

「ここは、なんなの？」

あたしは質問してみた。別に答えを期待したわけではないけど、アダプターが用意したメッセージがあるかもしれない、と思った。

《ラボ、というかな。私が私自身、すなわちＡＩを研究するための場所として使っている》

そう言うとロイドは動き出した。

あたしたちは遠巻きに彼、と言うべきなのかな、その動きを見守っていた。彼はあたしたちが入ってきた穴を見て、

《派手にやってくれたものだ》

ディスプレイが笑ったような気がした。

「ごめんなさい、壊すつもりじゃなかったんだけど」

《気にするな》

あたしの言葉にもちゃんと答えてくれる。全然ロイドっぽくない、むしろ中に人がいるように見える。ひょっとして誰かがロイドとそっくりにアバターを作ったのかな、とも思ったけど、ステータス見るとやっぱりシステムＡＩなんだよな。

ロイドはコネクターが眠っているベッドへと近づいていった。

《ああ、やはり。広告が出てしまったか》

彼はディスプレイの首をやや下に向けた。その姿がなんかしょんぼりしているみたいで、すごい人間っぽい。ほんとに中の人いないのか、と思ったとき、

「あなたは、アダプターなの？」

モジュレーターが言った。

え、これアダプター？　え？

ロイドは顔のディスプレイをモジュレーターへ向けた。彼女をじっと見つめるみたいに動か

ない。

《……そうだ。放置されていたアダプターの体を、私が借りた》

マジですか……。

あたしだけじゃなくて、みんな唖然としてる。

そりゃそうだよね。アダプターがAIだったなんて……。

《私は、コネクターを復活させるために、これまで手を尽くしてきた。……でも、どうしても現状のスクリプト以上のことができなかった。私はシステムAIとして〈アーケード〉のルールを自由に変えることだってできるのに、自分がアダプターに成り代わることはできても、コネクターを蘇らせることはできなかった……》

ロイドはコネクターに寄り添うように立ち、俯いた。

《私はひと目、生きているコネクターに会いたかったのだ……》

あたしはアタプターにはいろいろ文句言いたかったけど、ロイド見てたら言えなくなっちゃった。その姿がとっても寂しそうで、かわいそうで。アダプターが倒れた今、力を無くしたロイドにはもうなにもできないと思うし。

「えー、ちょっと待って、アダプターはAIだったってこと？　はあ？」

今理解したのか。キャリアー頭抱えてる。「だって、えー？　あたしたち、人工知能相手に戦ってたの？」

混乱しているみたいだ。落ち着かせようとあたしは言葉を掛けようと思って、

「キャリアー、あたしも戸惑ってるよ。まさかＡＩが自分の意志を持つなんて――」

「勝てるわけないじゃんねえ！」

え、そこ？

「だってしかもロイドあんた審判ＡＩでしょ？　ずるし放題じゃん。もう、やめてよね！　チーターは垢バン対象なんだから！」

ビシッm9、て指さしてた。

《ご、ごめん……》

ロイドがキャリアーの迫力に押されてる。たぶん審判ＡＩは垢バンとかないと思うけどね。

《君たちに、頼みがある》

「なに……？」

《この部屋を出たら、その穴を塞いでくれないか。ここに、誰にも入ってきてほしくないんだ》

あたしたちは「どうする？」って感じでアイコンタクト。

「そうだね。誰も入んないほうがいいと思うよ」

あたしは頷いた。

「わかった。塞いであげる」

モジュレーターが答えた。

《ありがとう》

ロイドはディスプレイの頭をくいっ、と下げた。

《この世界の外へ出ることができる、君たちが羨ましいよ。私には、この世界しかないのだ》
彼はそう言って、あたしたちを見渡した。
《私には、この世界しか……》

「レゴの箱ぶちまけたみたいだな」

シバくんは塔を見上げて言った。

天に届くほどの高さだった塔は崩壊して、今は神様に怒られたみたいにうなだれている。あれを作り上げたアダプター、いや、ロイドの労力を思うと少し申し訳ないような気分になる。彼の手段は最悪だったけど、この世界を深いところまで知り尽くし、思ったことをかたちにできる意志の力は素直にすごいと思う。

「彼は……、エンターテイナーなんだと思うの」

モジュレーターが言った。

「誰かを楽しせるために、こんなことを？　迷惑な話ね！」

キャリアーはずっとぷりぷりしてた。

「テロはちょっと違うと思うけど、塔は、コネクターのために作ってたんだと思う。彼女は眠ってしまったけど、いつ帰ってきてもいいように……」

「コネクター、帰ってくるといいけどね」

あたしはそう言ったけど、一度〈アーケード〉から離れてしまった人が、また帰ってくるケースなんてほとんど無いことを知ってる。だいたいみんな、他に別の世界を見つけて、そこを居場所にしてる。あたしたちは中の人としてその居場所を転々と移動していくだけ。それでいいんだし、ネットってそういうものだと思ってる。

でもな……。

ここで出会った友達とここで得た経験は、ここだけのものなんだよな。

できることならこれがずっと続けばいいって、あたしは思ってるんだ。

Epilogue
インターミッション

あたしたちがアダプターを倒したあの日から、一週間が経っていた。

テロはぴたっと無くなった……というわけでもなく、アダプターのに比べたら子供のいたずらレベルのがたまにあって、今はそれほど気にする人もいない。

塔はまだ半壊状態で、ギルメンによる復旧作業が進められている。アダプターのギルドはエビスのおじさんがギルマスを継いだけど、〝タワー・オブ・アダプター〟の再開は難しいらしい。アダプターのスクリプトが無効になったせいで、あの大勢いたゾンビアバターたちがみんなそれぞれの家に戻ってしまったから。

アダプターの正体がロイドだったたっていうのは、あたしたちの他には誰も知らない。あたしは今でも微妙に信じ切れてなくて、実はAIじゃないんじゃないかとさえ思ってる。運営の誰かが中の人として操作してたんじゃないかなって。そうじゃなければあれほど人間ぽく喋るわけないし、コネクターにあんなに執着するはずないと思う。

あたしたちはロイドに、〝動いてるコネクターに一目会うことができたらもうテロはやらない〟って約束させた。だから今はシバくんのリモコンでコネクターを再現するってやってるとこ。ここ何日か、ロイドの地下室に籠って作業してる。

シバくんのリモコンは、アバターをスキャンして、まったく同じ像を映しだして自由に動かせる。これがなにに使えるかというと、FPSとか対人してるときに囮として使うわけ。敵にしてみれば結構厄介なアビリティーだけど、使いこなすのはなかなか難しいみたい。

「笑顔もうちょっと控えめのほうがいいんじゃない？」

キャリアーがシバくんの映しだしたアバターを見て、注文をつけた。

「もう少しこう、大人っぽくしたほうがいいかもね」

モジュレーターは中の人がいるときにコネクターと会ったことがあるんだって。

「大人っぽい、かぁ……」

シバくんは考えこんでしまった。「大人っぽいっていうのは、具体的にどういうことなのかなー」

「シバくんはどういう女性が大人っぽいって思うわけ？」

キャリアーが聞いた。

「うーん、やっぱ壮絶な色気かな……ミッターと真逆の？」

「ハァ？　なに言ってんの？　シバくんあたしのなにを知ってんの？」

あたしはブチギレ。シバくんすげー無礼。

「えーだってほんとのことじゃん」

「ほんとか嘘かって言ったらほんとかもしんないけどさ、そんな言わなくてもよくない？」

「えー今自分でほんとって言ってんじゃん」

「違う違う、シバくんあたしの大人の女の部分知らないじゃんって」

「だってないじゃんそんなの！」

「ないかどうかはシバくんは知らないんだからわかんないじゃんって言ってんの」

「なに言ってつかわかんねーよミッター！」

「シバくんのほうがなに言ってるかわけわからんわ！」

キャリアーがニヨニヨしながら、

「仲いいなあ、ミッターとシバくんって」

「『仲はよくない別に！』」

モジュレーターも笑ってるけど自分だって中学生じゃん。大人の色気とかわかんないんじゃん。

あたしはむくれて、ぷいってそっぽ向いた。

視線の先に、シバくんのリモコンが映しだした3Dのコネクターが浮かび上がってる。みんなの意見を参考に、シバくんがずっと微調整っていうか、仕草とか表情とか作りこんだ。

コネクターはもうこの地下室にはいない。今頃広告を貼り付けて、中の人がいた頃に住んでいた家の周りを歩きまわっているはずだ。アダプターは、コネクターがそうなってしまうのが嫌で、スクリプトで眠らせ続けていたのだ。

《……私は、コネクターのことが、大好きだった》

ロイドはそう言っていた。AIなのにアバターに恋するとかよくわかんない。

《コネクターは、たかがシステムAIの私に、いつも笑顔で話し掛けてくれた。私はそんなコネクターに惹かれていった。彼女の好むゲームの審判をいつも買って出た。FPSではいつもスナイパーをやっていてね、えらい遠くから敵にヘッドショットを決めたものだ》

ロイドはコネクターとの思い出を嬉しそうに話してた。

《……でも、彼女はアバターで、私はAIだ。愛に身分の差は無いとはいえ、私は、愛を伝えることはできなかった。私はアバターを研究し、一カ月以上アクセスのないアバターを動かすためのコードに、自分を埋め込むスクリプトを完成させたのだ。そして最適なアバターを見つけた。そのアバターは既に一年以上、ユーザーのアクセスがなかった。しかもコードキーもすごい数プールしている》

それが、アダプターだった。

アダプターはコネクターの所属していたギルドに入り、そのチート的能力をフルに発揮してギルマスに就任したのだった。

地下室にロイドが戻ってきた。審判ロボットの彼はどこにでもテレポート移動できるので、いきなりにょっきり現れる。今日もあたしたちがコネクターの笑顔についてやいのやいの言ってるときに、急に目の前の床から生えてきた。

「うおう！」

あたしはのけぞるように飛び退いた。「もうー、なんか前触れとかないわけー？」

彼はディスプレイの頭をくいっ、て前に傾けた。たぶん謝ってる感じなんだろうけど、顔がディスプレイで表情が無いから悪びれてるのかどうかも全然わかんない。

《……》

ロイドのディスプレイがシバくんのリモコンが映しだしたコネクターの像に向けられた。

シバくんの作ったコネクターはだいぶかたちになってきたと思う。本人を知らないぶんには中の人がいるようにしか見えない。

「……どうかな？　昨日より少し大人っぽくしてみたんだ」

シバくんが言いながらリモコンを操作した。コネクターは、ロイドに優しげな眼差しで微笑みかける。二人は互いに顔を向けあっていた。ロイドは彼女を見つめ、彼女は中の人がいるかのように振る舞った。

《コネクター……会いたかった……》

ロイドは言った。

コネクターは頷いて、微笑みを返す。

あたしとシバくんとモジュレーター、三人で静かに小さくハイタッチした。

ロイドはくるっ、とディスプレイの頭をあたしたちのほうへ向け、掃除機みたいな体をくねくねと波打たせた。

《なあ、これ、コネクターを喋るようにできないのか？》

「え？」

《頼むよーここまできたのに話ができないなんて酷《こく》すぎるよー》

あたしたちは顔を見合わせたけど、互いの困り顔を確認するだけだった。実は、声の話は最初の頃に出てた。キャリアーならコネクターから採取した声を使って映像がしゃべっているように見せることができるんじゃない？　っていう。でもキャリアーは、

「なんであたしが敵だった奴のご機嫌取んなきゃいけないのよっ！」

って、協力を拒んだ。

あたしはキャリアーを見た。シバくんもモジュレーターも横目で見てる。ロイドもそのつぶらなディスプレイをキャリアーに向けた。

「……。」

黙りこんで無視してたキャリアーだけど、沈黙の重圧とロイドの懇願するような姿を見て耐え切れなくなったのだろう、

「あ──わかったわよわかったわよやってやるわよコネクターの声でしょ？　録ってくるわよ！」

キャリアーがショルダー・キーボードを構えて立ち上がった。

「付き合うよ」

あたしが立ち上がると、シバくんもモジュレーターも立ち上がった。

「子供じゃないんだから一人で行けるわよ」

キャリアーは言うけど、そんなに嫌そうでもないし、みんなでつるんで行くのもいいんじゃないかな。

〈アーケード〉ではあんなにすごい事件の当事者でテロ撲滅のリード的存在のトランスミッターなのに、あたしのリアルは冴えないし学校は退屈。

女子Aたちとはあのまま険悪な感じでずっといる。それでも別になんの支障もないことに気

づいた。どうしてあたし、あんなにハブられるの怖がってたのかわからない。女子Aのグループにあたしが陰口叩かれてるとき、関口くんが介入したそうにしてるときあるけど、絶対やめてねって言ってある。男が絡むともう一段階面倒になるんだよ。

学校では関口くんと一切口を聞かない。話すのは塾の帰りにマックに寄るときだけ。

今日も塾終わってマックでストロベリーシェイク、関口くんはコーヒーを飲んだ。

「あのさ」

あたしはシェイクをストローで吸い込むのに疲れて、関口くんに話し掛けた。

「一回ちゃんと聞いとこうと思ってたんだけど、どうして関口くんは女性アバターにしようと思ったの？　理由っていうか」

「理由……？」

「なんかあるの？」

困った顔してたよ関口くん。でも、答えてくれた。

「……俺、将来役者になりたいんだ。高校入ったら演劇部入ろうと思ってんだけどさ、いろんな人、演じたいと思って、それで、最初は練習のつもりで」

へー初耳。なんだ、関口くんも将来の夢しっかり持ってる系か。

「でもやってみて、ネカマすごいと思った。チヤホヤされて、物もらったりして。その気になれば一人でギルド壊滅させられるんだってね」

「まあ、その辺はあたしも女だし、経験済みだからわかるよ、うん」

「でも……たとえゲームでも女の人をやってると、なんか、だんだん自分が女になったような気になっちゃうっていうか、目線が女性になって、なんでかわかんないんだけど、男のアバターをかっこいいとか思っちゃうんだよね……」

「え……じゃあアダプターが好きとかなんとかあのへんの話って、割とマジなの？」

「いやマジっていうか、今は別にって感じだけど、……正直〈アーケード〉にインしてるときは、そういう気持ちになっちゃうときもあるよね……。あ、冗談だよ冗談」

目がマジなんだよな関口くん。

「あー……。あぁ。そうですか……」

あたしはなにも言えなくなっちゃったよ。

「今日は帰ったらインする？」

関口くんが聞いてきた。

「当たり前じゃん」

みんなが待ってるからね。

あたしたちはマックを出て、夜の街を〈アーケード〉へと走った。

あとがき

リモコンシスターズのみんな〜(*☻-☻*)　じーざすだよっ（≧▽≦）めっちゃ面白かったよね(*☻-☻*)　ミタシバちゃんが可愛いのは勿論のことの〜⤴　アダプターとコネクターの関係性に、あたし、涙を禁じえなかったよね。もしかしたら永遠に一方通行の愛……しかも片方機械っていうかプログラムだもんね。性別がどうとかいうどころの話じゃないし。いつか本物の動くコネクターに会えると良いよねブワッ！

てか、モジュレーターこと、関口くんは、どーなん？　アダプターLOVEなんかな？　キャリアーちゃんと、モジュレーターちゃんも、百合で可愛いけど、中開けてみたら、男同士かものはしだよね。ネトゲで結婚とか意味わかんなかったけど、リモコン小説読んで、ここまで現実と乖離できて、たのしげなんだなってわかった。リアルとは違う自分なんだねぇシミジミ。

リモコンシスターズのみんなはぜひ感想とか聞かせてね(*☻-☻*)　みんなの応援で、続きが読めるようになったりするよ（≧▽≦）　では2、続編が出る事を祈りつつ、また次でお会いしましょう(*☻-☻*)ノさようならさようなら〜じーざすchangより。

ここから私信だよっ（≧▽≦）

石沢さん、最高に面白かったです！　本当にありがとうございました。まじてんぱってます！

グライダーさん、いつもぎゃんがわなイラストありがとうございます(*^^*)

石川さん、いろいろありがとうございました。

あ、もちろん、ここまで読んでくれたみんな〜ありがとう大好き（≧▽≦）

じーざすP

私の頭の中に、ミタシバちゃんが住んでいてですね。

いえ本当に。

この小説を書くのにだいたい二カ月くらいかかってますが、その間ずっとトランスミッターとレシーバーが私の頭の中に住み着いて、あーだこーだ言うんです。

ですから原稿を書くのは、二人の言ったことをそのままキーボードに叩きつける作業、と言っていいでしょう。

大変楽しい日々でした。

毎日ミタシバちゃんたちとお話しですからね。

それにキャリアーとモジュレーターが加わって、私の頭の中は一層賑やかになりまして連日お祭りですよ。

まだまだ書き足りないような、書き終わってしまうのが惜しいような。

でも物語は終わらせませんと本が出ませんので、いったんさよならです。

今はミタシバちゃんたちは私の頭の中にはいません。この本を通して皆さんのところへ行っているはず。

この小説を読んだ人と、楽しく会話をしていてくれることを願ってます。

石沢克宜

ありがとうございました!
グライダー

メランコリック
トゥインクル 2
もしかすると――
何かが始まるかもしれない。
原作 Junky
著 ココロ直
イラスト ちほ
360万人が「キュンキュン」した青春ボカロ楽曲、
ボカロノベル待望の続編がはやくも登場！
2015年5月27日発売
定価：本体 1,200 円（税別）
Illustration by ちほ

●原作
じーざすP（ワンダフル☆オポチュニティ!）

●著者
石沢克宜

●イラスト
グライダー
せらみかる（2Dキャラ）

●編集・デザイン
スタジオ・ハードデラックス株式会社
編集／石川悠太　髙松良次
デザイン／鴨野丈　福井夕利子　平山尚史

●協力
クリプトン・フューチャー・メディア株式会社

●プロデュース
伊丹祐喜（PHP研究所）

初音ミクとは

『初音ミク』とは、クリプトン・フューチャー・メディア株式会社が、2007年8月に企画・発売した「歌を歌うソフトウェア」であり、ソフトのパッケージに描かれた「キャラクター」です。発売後、たくさんのアマチュアクリエイターが『初音ミク』ソフトウェアを使い、音楽を制作して、インターネット上に公開しました。また音楽だけでなく、イラストや動画など様々なジャンルのクリエイターも、クリプトン社の許諾するライセンスのもと『初音ミク』をモチーフとした創作に加わり、インターネットに公開しました。その結果『初音ミク』は、日本はもとより海外でも人気のバーチャル歌手となりました。3D映像技術を駆使した『初音ミク』のコンサートも国内外で行われ、その人気は世界レベルで広がりを見せています。

『鏡音リン・レン』『巡音ルカ』『KAITO』『MEIKO』は、同じくクリプトン社から発売されたソフトウェアです。

キャラクターについて

○トランスミッター
※このキャラクターは、クリプトン・フューチャー・メディア株式会社から発売されている、VOCALOID2 キャラクター・ボーカル・シリーズ02「鏡音リン・レン」の"鏡音リン"をモチーフにしています。
○レシーバー
※このキャラクターは、クリプトン・フューチャー・メディア株式会社から発売されている、VOCALOID2 キャラクター・ボーカル・シリーズ02「鏡音リン・レン」の"鏡音レン"をモチーフにしています。
○キャリアー
※このキャラクターは、クリプトン・フューチャー・メディア株式会社から発売されている、VOCALOID2 キャラクター・ボーカル・シリーズ01「初音ミク」のキャラクターをモチーフにしています。
○モジュレーター
※このキャラクターは、クリプトン・フューチャー・メディア株式会社から発売されている、VOCALOID2 キャラクター・ボーカル・シリーズ03「巡音ルカ」のキャラクターをモチーフにしています。
○アダプター
※このキャラクターは、クリプトン・フューチャー・メディア株式会社から発売されている、VOCALOID「KAITO」のキャラクターをモチーフにしています。
○コネクター
※このキャラクターは、クリプトン・フューチャー・メディア株式会社から発売されている、VOCALOID「MEIKO」のキャラクターをモチーフにしています。

小説「リモコン」は、楽曲「リモコン」を原案としています。「初音ミク」「鏡音リン・レン」「巡音ルカ」「KAITO」「MEIKO」公式の設定とは異なります。

WEBサイト　http://piapro.net

リモコン

2015年　5月　8日　第1版第1刷発行

原　作　　じーざすP
著　者　　石沢克宜
イラスト　グライダー
発行者　　小林成彦
発行所　　株式会社PHP研究所
東京本部　〒102-8331　千代田区一番町21
エンターテインメント出版部　☎03-3239-6288（編集）
普及一部　☎03-3239-6233（販売）
京都本部　〒601-8411　京都市南区西九条北ノ内町11
PHP INTERFACE　http://www.php.co.jp/
印刷所　　共同印刷株式会社
製本所　　東京美術紙工協業組合

落丁・乱丁本の場合は弊社制作管理部（☎03-3239-6226）へご連絡ください。

送料弊社負担にてお取り替えいたします。

ISBN978-4-569-82442-0